Cornelia und Jürgen Schwenkenbecher

Mord am Pferdemädchen

Cornelia und Jürgen Schwenkenbecher

Mord am Pferdemädchen

und zwölf weitere Verbrechen

Bild und Heimat

ISBN 978-3-95958-118-9

1. Auflage

Umschlaggestaltung: capa
Umschlagabbildung: Chris Keller / bobsairport
Druck und Bindung: GGP Media GmbH, Pößneck

In Kooperation mit der SUPERillu
www.superillu-shop.de

Inhalt

1. »Glaub mir, das endet mal grausam!«

Wegen eines Sorgerechtsstreits lässt ein Vater seine Töchter verbrennen

Den ganzen Tag verbringen Line Sofie und Marlene Marie mit ihrem Vater in einem deutschen Vergnügungspark. Sie rodeln gemeinsam, spielen im Schnee – und das mitten im Sommer. Der Snow Dome in Bispingen, den Peter-Thue R. mit seinen neun und zehn Jahre alten Töchtern besucht, liegt ein Stückchen südlich von Hamburg in der Lüneburger Heide, und die drei sind für den Spaß extra aus Dänemark angereist. Solche Ausflüge machen sie öfter. Im Sommer 2011 ist der 11. August ihr letzter gemeinsamer Ferientag. Am nächsten Vormittag erwartet Mutter Christina die Kinder verabredungsgemäß wieder daheim. Auch sie will noch einige Urlaubstage mit den Mädchen verbringen.

Die Eltern Christina O. und Peter-Thue R. sind seit gut einem Jahr geschieden. Line und Marlene leben jetzt beim Vater, weil die Trennung von der Frau ausging und er mit den Mädchen im bisherigen Elternhaus wohnen blieb. »In einer den Kindern vertrauten Umgebung«, wie die zuständige Behörde entschied. Das Umgangs- und Besuchsrecht ist klar geregelt: Eine Woche verbringen die Mädchen beim Vater, die andere im Nachbarort bei der Mutter, die wieder geheiratet hat. Eine 7/7-Regelung nennt es das Gesetz.

Am späten Abend jenes 11. August macht sich Peter-Thue R., ein 40 Jahre alter Landwirt und Aushilfslehrer, der auch schon als Gärtner und Glöckner gearbeitet hat, mit seinen Töchtern auf den Rückweg nach Øster Hurup an der Küste Nordjütlands. Aber sie fahren nicht direkt nach Hause in den Badeort. Statt zur dänischen Grenze steuert Peter-Thue R. das Auto erst einmal über die Autobahn nach Osten. Er hat keine Eile. Sie schwatzen miteinander, die Kinder sind aufgekratzt und können lange nicht einschlafen. Der Vater gibt ihnen zu trinken, hört ihren Geschichten zu, fährt immer weiter.

Marlene sei plötzlich übel geworden, wird er später zu Protokoll geben. Das habe er von ihr nicht gekannt. »Sie jammerte, sie müsse brechen, es ginge ihr schlecht«, erzählt Peter-Thue R. »Aber ich hatte keine Reisemedikamente dabei, nur ein paar Schlaftabletten, und ich dachte, die würden ihr helfen. Ihre Schwester fing nun an zu drängeln, sie wolle auch so eine Pille.« Peter-Thue R. beschreibt die Situation so, als habe die Neunjährige nahezu darum gebettelt, Medizin zu erhalten. Und weil er seine Töchter liebte, gab er nach.

Die Tabletten, so finden die Ermittler heraus, hat sich der Vater erst unmittelbar vor seinem Ausflug in den deutschen Kunstschnee telefonisch von seiner Hausärztin verschreiben lassen – er, der sonst so penibel auf gesunde Ernährung achtet, keine Süßigkeiten duldet und Medikamente nur im äußersten Notfall akzeptiert. Im Beipackzettel des Präparates steht ausdrücklich vermerkt, dass diese Tabletten keineswegs an Kinder verabreicht werden dürfen.

Peter-Thue R. grübelt während der Fahrt, was er tun soll. Denn daheim bahnt sich eine Veränderung an. Anzeichen deuten darauf hin, dass Christinas Wunsch, die Kinder stärker bei sich zu haben, vom Familiengericht demnächst akzeptiert werden könnte. Die neue Situation hat er selbst herbeigeführt, weil er nicht erträgt, wie gut es seiner Exfrau mit dem neuen Mann geht. Deshalb will er weg aus Øster Hurup, weg mit den Mädchen. Im 200 Kilometer entfernten Fredericia hat er sich ein Häuschen angemietet und Line und Marlene dort schon in der Schule angemeldet. Er hat vorher mit niemandem darüber gesprochen. Als er den

Kindern davon erzählt, protestiert insbesondere die jüngere Tochter. Line will nicht fortziehen.

Christina O., die Mutter, kämpft gegen den geplanten Umzug. Sie sieht, wie sich der Mann, den sie einst liebte, nach ihrer Trennung zunehmend verändert. Wie er depressiv und lustlos wird, weil sich keines seiner beruflichen Projekte erfüllt. Immer wieder verliert er nach Streitereien mit den Arbeitgebern seine Anstellung. Auch finanziell steht er vor dem Aus und kann die Kreditraten für das einst gemeinsam gekaufte Bauerngehöft kaum mehr aufbringen. Der Hof steht vor der Zwangsversteigerung. Christina erlebt ihren Exmann in letzter Zeit mitunter gehässig, wenn er die Mädchen abholt oder bringt. So kennt sie ihn nicht. Einem Streit ging er bisher immer aus dem Weg. Nun zofft er sich mit ihrem neuen Lebenspartner. Es geht so weit, dass sie sogar die Polizei rufen muss, um die Handgreiflichkeiten zu beenden. In solchen Momenten glaubt sie, Hass in seinen Augen zu erkennen, Hass und Wut. Einmal droht er ihr: »Wenn du mir Druck machst, werde ich dich zerschmettern. Glaub mir, das endet mal grausam.« Doch seine Töchter vergöttert er.

Spät in der Nacht biegt Peter-Thue R. mit dem weißen Suzuki von der Autobahn ab, verlässt kurz vor Berlin am Dreieck Havelland die A 24. Er fährt mit den inzwischen schlafenden Mädchen auf dem Rücksitz ziellos umher. Irgendwann entschließt er sich, seinen Plan in die Tat umzusetzen. Er lenkt das Auto von der Landstraße nahe der brandenburgischen Ortschaft Börnicke in ein Waldstück. Aus dem Kofferraum nimmt er zwei Fünf-Liter-Kanister für Scheibenreiniger, die er vorsorglich zu Hause mit Benzin gefüllt hat. Er verschüttet den Inhalt im Auto, vor allem im Bereich der Rückbank. Sorgfältig achtet er darauf, dass der Fahrersitz und der Platz darunter trocken bleiben. Peter-Thue R. vergewissert sich, ob die Kinder angeschnallt sind, und setzt sich nach vorn. Dann entzündet er sein Feuerzeug.

Zwei, höchstens drei Sekunden später springt Peter-Thue R. aus dem Auto, wird das Landeskriminalamt bei der Rekonstruktion des Tathergangs feststellen. Line und Marlene verbrennen bei lebendigem Leibe, festgezurrt von den Sicherheitsgurten. Nicht einmal Fingerabdrücke zur Identifizierung wird man später von ihnen nehmen können, so verkohlt sind die kleinen Körper.

Rußverschmutzt und mit Verletzungen an den Händen läuft Peter-Thue R. durch den Wald. An einer nahe gelegenen Straße kann er einen Lastwagen stoppen. Dem Fahrer ruft er wirr und verzweifelt immer wieder etwas von einem Unfall zu. Seine Kinder seien noch im Auto, es brenne, er müsse sie retten, aber alles stehe in Flammen. Bevor der 40-Jährige zusammenbricht, kann er noch die Stelle der Tragödie beschreiben. Die Aussagen der ersten Helfer, die ihn verletzt in Ortsnähe auffinden, führen die Polizei tagelang in die Irre. Zu ungeheuerlich ist jede andere Vorstellung. Allerdings, so stellen Kriminaltechniker fest, ist die Kleidung von R. kaum versengt.

Als Feuerwehr und Polizei eintreffen, ist der Suzuki komplett ausgebrannt. Der Notarzt bringt den Vater ins Berliner Unfallkrankenhaus. Seine Brandverletzungen werden im dortigen Spezialzentrum intensivmedizinisch versorgt. Allerdings sind sie nicht so schwer, dass er länger mit den Flammen in Berührung gekommen sein kann.

An seinem Krankenbett erkundigen sich Kriminalbeamte mehrmals nach dem genauen Unfallhergang, doch Peter-Thue R. sieht sich in seiner Erinnerung immer wieder nur von einem Flammenmeer umgeben. Wie er nach Börnicke kam, weiß er angeblich nicht. Er habe sich wohl verfahren und eine Rast eingelegt im Wald. Wegen des Windes draußen rauchte er seine Zigarette im Auto. Und mit einem Mal sei da dieses Feuer gewesen. Er erzählt, wie er alles versucht habe, das Leben seiner Töchter zu retten. Er beschreibt einen Knüppel, mit dem er die Türen öffnen oder zumindest die Scheiben zertrümmern wollte, aber es funktionierte nicht.

Tatsächlich weist der Ast, den die Polizei findet und untersucht, keinerlei Hitze- oder Feuerspuren auf. Überhaupt taugt er nicht besonders gut als Werkzeug. Und warum schlägt der Vater ihn gegen die Beifahrerseite, wenn seine Kinder doch hinten sitzen und die Zentralverriegelung geöffnet war?

Während sich die Brandenburger Polizei mit genaueren Mitteilungen über den Unfallhergang und die Namen der Opfer noch zurückhält, ist in dänischen Zeitungen bereits zu lesen, was Line Sofie und Marlene Marie in Deutschland zugestoßen ist. Ihr Großvater hatte das Auto seines Sohnes auf einem Foto im Internet wiedererkannt. An der Grundschule der beiden Mädchen halten Lehrer und Mitschüler einen Gedenkgottesdienst ab, auf ihren Bänken liegen Blumen. Die Fahne auf dem Hof weht auf Halbmast, und auch aus dem Scheidungszwist der Eltern machen die Medien längst kein Geheimnis mehr.

Kurz vor der Entlassung des Vaters aus der Berliner Unfallklinik verliest ihm ein Richter den Haftbefehl. Die Ermittler bezweifeln die Unfallversion von Peter-Thue R. Gerichtsmediziner haben bei der Obduktion der toten Mädchen Reste des Schlafmittels Zopiclon gefunden, und die Spuren am Auto sprechen deutlich für eine Brandlegung. Die Staatsanwaltschaft erhebt Anklage. Peter-Thue R. habe die Kinder heimtückisch ermordet, weil er ihre Arglosigkeit, ihr Vertrauen und ihren Schlaf ausnutzte. Aus niederen Beweggründen, weil er seiner Exfrau das Glück nicht gönnte, das sie in einer neuen Ehe, in einem neuen Haus und demnächst vielleicht auch mit einem neuen Recht auf ihre Kinder hätte finden können.

Im Februar 2012, ein halbes Jahr nach der Tat, beginnt vor dem Landgericht Potsdam der Prozess gegen den dänischen Vater. Zeugen berichten über die Krise der einstigen Eheleute. Nachbarn und Freunde bestätigen aber auch, wie liebevoll sich Peter-Thue R. stets um die Mädchen gekümmert habe.

Auch der Angeklagte sagt aus. Er gesteht: »Ich wollte sterben, und die Mädchen sollten nicht ohne mich bleiben.« Er spricht ohne zu weinen, ohne innezuhalten, eher so, als referiere er etwas, was er aus den Akten kennt. Ja, er habe seine Kinder getötet, Line und Marlene. Aber er habe dies getan, weil er seine Töchter über alles liebte. Weil er Angst hatte, ein dänisches Familiengericht könnte seiner Exfrau das endgültige Wohnrecht für die Kinder zusprechen. »Das hätten die beiden nicht gewollt, das weiß ich. Und ich konnte sie nicht hergeben.« Nicht nur einmal habe er zuvor ernsthaft darüber nachgedacht, sich umzubringen, beteuert R. Aber wie sollten seine Mädchen dann ohne ihn weiterleben? Und wie mit der Schande, dass ihr Vater ein Selbstmörder sei, der sie im Stich ließ?

Dass er sterben wollte, mit seinen Problemen nicht klarkam und vor allem den Verlust fürchtete, das wiederholt Peter-Thue R. im Prozess immer wieder. Doch die Frage, warum er die Kinder in ihrem Todeskampf allein ließ, kann er nicht beantworten. Auch dass er nach der Tat, als er nicht mehr helfen konnte, vor zur Landstraße lief, um sich vor einen Lkw zu werfen, klingt in dieser einsamen Gegend, nachts um vier, nicht gerade glaubwürdig.

Als Christina O. das erste Mal von den Potsdamer Richtern befragt werden soll, reist sie vergebens aus Dänemark an. Der Prozesstag fällt aus. Statt des Angeklagten kommt aus der JVA die Mitteilung, dass Peter-Thue R. in der Untersuchungshaft einen Suizidversuch unternommen hat. Er hatte Tabletten, die er gegen seine Depressionen bekam, gehortet und in der Nacht vor der Begegnung mit seiner Exfrau geschluckt. Früh am Morgen finden ihn Justizbedienstete in einem »unaufweckbaren Zustand«. Lebensgefahr besteht aber nicht.

»Peter war schon lange überfordert«, erzählt Christina O. später, als R. wieder vorgeführt werden kann. Sie berichtet, wie die Ehe auseinanderbrach und wie gut er trotzdem für die Mädchen sorgte. »Aber dass es jetzt so bergab ging mit ihm, das verkraftete er nicht. Ihm ist in seinem Leben nie wirklich etwas geglückt – außer den Kindern. Und nun hatte er Angst, auch die zu verlieren«, sagt sie. »Er war ein guter Vater, nie aggressiv zu den Kindern. Ich hätte mir in den wildesten Fantasien nicht ausgemalt, dass so etwas passieren könnte.« Die Frau gibt sich eine Mitschuld, die Mädchen nicht besser geschützt zu haben.

Christina O. sagt vor Gericht, dass sie ihn nicht hassen könne, obwohl er alles zerstörte. Seit dem Tod ihrer beiden Töchter lebt sie sehr zurückgezogen. Sie kann nicht mehr arbeiten und wird therapeutisch betreut. »Warum nur habe ich die Gefahr nicht erkannt?«, wirft sie sich immer wieder vor. Sie blickt ihren Exmann fragend an, aber der duckt sich weg, kaut nervös auf seinem Kaugummi. Er kann sie nicht ansehen. Er hat ihr das Liebste genommen – und die Staatsanwaltschaft ist überzeugt, dass er es aus Rachegefühlen heraus tat. Er wollte sie so tief verletzen, wie es nur irgend ging. Weder damals im Wald noch hier während des Prozesses habe R. wirklich daran gedacht, sich selbst zu töten.

Der Staatsanwalt spricht von halbherzigen, folgenlosen Versuchen, von selbstmitleidigen Inszenierungen. »Ich hoffe sehr, dass Sie die Todesschreie Ihrer Kinder nie wieder aus den Ohren bekommen.« Gegen R.s Version von einem erweiterten Suizid argumentiert er entschieden. »Ihre Kinder hatten nie die Absicht zu sterben, Tötungsverbrechen sollten auch so genannt und nicht mit Sprachmüll verkleistert werden.«

Das Potsdamer Landgericht ist Ende Mai 2012 nach mehr als 20 Verhandlungstagen überzeugt davon, dass Line Sofie und Marlene Marie nicht durch ein Unglück starben, sondern von ihrem Vater heimtückisch und planvoll ermordet wurden. Peter-Thue R., der eine lebenslängliche Freiheitsstrafe erhält, habe nur zu genau gewusst, was er tat. Der Richter spart nicht mit mahnenden Sätzen. »Herr R., ich habe Ihre letzten Worte noch gut in Erinnerung, dass Sie Ihre Tat stark bereuen und es sich selbst nicht vergeben können, was Sie Ihren Töchter antaten. Wenn das wirklich ernst gemeint ist und nicht nur hohles Gerede, dann müssten Sie das Urteil hier annehmen.«

R. schüttelt den Kopf. Wenige Tage später legt sein Verteidiger Revision ein. Mit diesem Rechtsmittel können mögliche Verfahrensfehler überprüft und gegebenenfalls andere Urteile erzwungen werden. Eine lebenslange Haft ist nicht nur unter Juristen umstritten, gilt sie doch – ähnlich wie die Todesstrafe, die in vielen Ländern abgeschafft wurde – als unvereinbar mit der Menschenwürde. Das oberste staatliche Prinzip heiße eben nicht »Auge um Auge«. Jeder brauche seine Chance. In den meisten Fällen können deshalb in Deutschland zu lebenslanger Haft Verurteilte nach 15 Jahren hoffen, wieder freizukommen. In Dänemark sogar schon nach zwölf Jahren. R. könnte den Antrag stellen, in seine Heimat überführt zu werden, aber er hat es bisher nicht getan. Seinen Revisionsantrag lehnt der Bundesgerichtshof im Dezember 2012 ab.

2. Drama für zwei

Mord statt Scheidung – vom Absturz eines Politikers

»Cortiusrufus« nennt sich der Schreiber, der seine Zweifel am »Fall Heinrich Scholl« einer Zeitung, dem Berliner *Tagesspiegel*, online mitteilt: »Da wird ein Mann, der zweifellos Verdienste hat, öffentlich zerlegt. Parteifreund Schröder lebt mit der vierten Frau, Parteifreund Platzeck mit der zweiten. Er verfiel einer Thailänderin. Und die hat gewaltig genervt. Das hat er ertragen und konnte es trotzdem nicht lassen. Er soll seine Ehefrau am Tag nach dem Hochzeitstag umgebracht haben? Theoretisch und auch im praktischen Leben ist alles möglich. Aber das soll man ihm einmal hieb- und stichfest nachweisen. Ein stadtbekannter Politiker bringt in der freien Natur seine ebenso bekannte Ehefrau um? Hatte er so Kopf und Verstand verloren? Sollte er wirklich …« Ja, sollte er?

Der »Fall Heinrich Scholl« ist die Geschichte eines Verbrechens, das Ende 2011 eine Region wochenlang in Atem hält. Jeden Tag gibt es neue Gerüchte, neue Spekulationen, neue Verschwörungstheorien darüber, was in den Mittagsstunden des 29. Dezember in Ludwigsfelde wirklich geschehen ist. Die Stadt, die seit Jahrzehnten mit ihrer Industrie und vom Automobilbau lebt, die aber erst nach der Wende aufblüht, ja, rasant wächst, und das vor allem Heinrich Scholl verdankt, diese Stadt hört davon, dass ihr ebenso charmanter wie erfolgreicher Ex-Bürgermeister seine Frau vermisst. Er ist mit ihr daheim zum Kaffeetrinken verabredet, aber sie kommt nicht pünktlich. Sie wollte gegen 12 Uhr mit dem Hund in den Wald. Was ist los? Scholl greift zum Telefon:

»Habt ihr was von Gitti gehört? Wo kann sie sein?«, fragt er Freunde und Bekannte.

Er hat schon eine ganze Menge Leute aufgeschreckt, als ihr Auto um 17 Uhr immer noch nicht vor der gemeinsamen Doppelhaushälfte in der Walther-Rathenau-Straße steht. Heinrich Scholl wird unruhig. Er schaut bei seinem Lieblingsitaliener vorbei, trinkt ein Glas Rotwein. Als Brigitte sich nicht meldet, klingelt er sich erneut durch die Nachbarschaft, sucht in der Umgebung, fährt zu einer Bekannten, der seiner Frau etwas mitbringen wollte. Nur zu Hause ruft er nicht an. Wäre das nicht naheliegend? Vielleicht ist sie ja längst zurück. Warum ist Scholl überhaupt so panisch? Darf eine erwachsene Frau, eine 67-Jährige, nicht auch einmal eine Verabredung verpassen, etwas anderes vorhaben, ihn versetzen?

So oder so ähnlich denkt wohl auch der erste Polizist, den Heinrich Scholl am frühen Abend damit beauftragt, nach seiner Ehefrau zu suchen. Er winkt ab. Zu früh. Man müsse abwarten. Er kennt Heinrich Scholl offenbar nicht. Das passiert Scholl in Ludwigsfelde selten, für die meisten hier ist er eine Institution. 18 Jahre lang hat er die Stadt regiert, nie sah er sie als mausgraues Provinznest, sondern als Verbindungspunkt in die Welt. Mitten durch sie hindurch führt schließlich eine Autobahn, die – wenn man so will – Moskau mit Paris verknüpft. Da wachsen Visionen.

Scholl ist der »Napoleon von Lu«. Er hat namhafte Investoren nach Ludwigsfelde geholt – VW, Mercedes-Benz, den Triebwerkshersteller MTU, ThyssenKrupp, Coca-Cola, 10 000 neue Arbeitsplätze sind entstanden. Der damalige SPD-Bundeskanzler Gerhard Schröder besucht die Stadt. Brandenburgs Ministerpräsidenten Stolpe und Platzeck zeigen sich gern mit ihm. Bei offiziellen Terminen steht Scholl neben Merkel, Stoiber und Gabriel, und zum privaten Bekanntenkreis gehört Berlins langjähriger Rathaus-Chef Klaus Wowereit. Als Heinrich Scholl 2008 aus Altersgründen aus dem Amt scheidet, brechen die Kontakte zwar ab, aber die Bilder, auf denen der kleine Mann mit all den politischen Größen seiner Zeit zu sehen ist, bleiben.

Auf der Polizeiwache lässt Scholl sich nicht abwimmeln. Endlich hilft sein Name voran, es kommt Bewegung in die Sache. Er bespricht sich erneut mit seinen Freunden, hat auch den Sohn informiert, der in Nordrhein-Westfalen lebt. Noch sind keine acht Stunden seit seiner Verabredung mit Brigitte zum Kaffeetrinken vergangen.

Acht weitere Stunden später ist der Sohn auf dem Weg nach Ludwigsfelde, denn die Mutter bleibt verschwunden. Heinrich Scholl hat einen seiner engsten Freunde, einen Tierarzt und Jäger, gewinnen können, gemeinsam mit ihm und dem Sohn nun auch im Wald zu suchen. »So etwas macht Gitti nicht, dass sie einfach wegbleibt. Sie hat doch den Hund dabei. Und ihr Laden wartet.« Ihr Laden, das ist Brigitte Scholls Kosmetiksalon, den sie im Erdgeschoss ihres Hauses betreibt. Viele Kundinnen kommen seit Jahren hierher, nie haben sie erlebt, dass »die Chefin« ausfiel. Brigitte Scholl ist die Zuverlässigkeit in Person.

Gegen 14 Uhr machen sich die drei Männer auf den Weg zur Siethener Straße, stellen das Auto am Waldrand ab und gehen ins Unterholz. Wenn sie überhaupt eine Spur finden können, dann hier, denn auf den Wegen blieb Brigitte Scholl für gewöhnlich nicht. Ursus, der hellbraune Cockerspaniel, liebte den Auslauf, und seine Besitzerin hatte meist Wanderschuhe dabei, wenn sie mit ihm in die Natur fuhr. Außerdem war sie mit den Augen immer auf der Suche nach knorrigen Ästen, besonders schönen Blättern und Moosen, mit denen sie Gestecke dekorieren konnte. Gerade hatte sie einer Freundin versprochen, ihr etwas Winterschmuck vorbeizubringen. Sie müsse nur noch die nötigen Zutaten sammeln.

Das erste Waldstück haben die Männer nach einer knappen Stunde durchkämmt. »Komm, Heiner, hier ist nichts«, sagt der Tierarzt. Auch der Sohn drängt zum Aufbruch. Er findet diese Waldaktion irgendwie seltsam. Die Polizei ist doch schon eingeschaltet. Aber Heinrich Scholl will nicht aufgeben, er zieht die beiden noch ein Stück weiter. Und dann verharren sie plötzlich. »Sauber nebeneinander abgestellt«, erinnert sich der Sohn später, »fast wie in einem Regal«, steht da vor ihnen ein Paar dunkle Schuhe. Damenschuhe. Und zwei unterschiedlich große Hügel aus aufgeschichteten Zweigen, etwas Waldboden und Moos ergeben das Bild einer ungewöhnlichen Grabstelle. Die Männer rufen die Polizei. »Beerdigungsgleich«, so beschreiben es Ermittler später, liegen im Wald die toten Körper von Brigitte Scholl und Hund Ursus.

Drei Wochen lang gilt das Mitgefühl der Stadt ihrem alten Bürgermeister. Dessen Kranz ist am Tag der Beisetzung der größte: »In tiefer Trauer, Dein Heiner« steht goldglänzend auf der weißen Schleife. Vier Tage später wird er festgenommen. Heinrich Scholl ist dringend tatverdächtig, seine Ehefrau Brigitte heimtückisch im Wald mit einem türkisfarbenen Schnürsenkel erdrosselt zu haben. Seine DNA wurde am Tatort gesichert, sein Handy zur Tatzeit in der Nähe geortet. Außerdem berichteten Zeugen in der Zwischenzeit von einer schwierigen Ehe zwischen einer dominanten, beherrschenden Frau und einem Mann, der sich über Jahrzehnte ihre Demütigungen gefallen ließ, nun aber zunehmend seine Freiheit suchte – sei es bei einer Geliebten, sei es mit einer Wohnung in Berlin.

Die Justizvollzugsanstalt Brandenburg/Havel wird Scholl von diesem 2012er Januartag an nicht mehr verlassen – außer zu polizeilichen Vernehmungen und seinem Prozess. Und wenn nicht ein Wunder passiert, bleibt er hier eingesperrt, bis ein Gericht in ferner Zukunft darüber entscheidet, ihm seine lebenslängliche Freiheitsstrafe »vorzeitig« und »zur Bewährung« zu erlassen. Das wird aber nicht vor 2027 geschehen können.

Heinrich Scholl ist dann Mitte achtzig. Und die Ludwigsfelder, die sich bei der Frage »schuldig« oder »nicht schuldig« in zwei Lager spalten, werden dann ebenso wie alle anderen, die mit dem Fall befasst waren, womöglich immer noch nicht wissen, ob er seine Frau wirklich tötete oder nicht. Ob er Täter ist oder Opfer. Viele Indizien sprechen gegen ihn. Heinrich Scholl indes versichert, mit dem Tod seiner Frau nichts zu tun zu haben. Selbst eine Verschwörung gegen ihn hält er nicht für ausgeschlossen, wenngleich einige der Thesen abenteuerlich klingen: Sie könnte – lebensmüde – ihren eigenen Tod inszeniert haben, um ihm heimzuzahlen, dass er sie mit anderen Frauen betrog. Die Russenmafia kommt ins Spiel. Eine thailändische Verschwörung. Alte politische Gegner. Unter Umständen sogar ein heimlicher Geliebter der Gattin, der sich bedrängt fühlte.

Es gibt Freunde, die Heinrich Scholl bis heute vertrauen und seinen Worten glauben. Die Brandenburger SPD, seine Partei, legt ihm allerdings gleich nach der Verurteilung nahe, lieber seinen Austritt zu erklären. Tief enttäuscht schreibt Scholl den verlangten Brief. Doch die Zurückweisung durch seine Genossen schmerzt ihn fast mehr als das Nicht-Verstehen der Richter. Heute sagt er, er habe mit diesem Kapitel abgeschlossen.

Die Verhandlung gegen Heinrich Scholl vor dem Landgericht Potsdam dauert sieben Monate, bis weit hinein ins Frühjahr 2013. Der Angeklagte beteuert zwar seine Unschuld, schweigt ansonsten aber beharrlich. Seine Anwälte Stefan König und Heide Sandkuhl bringen Zeugen, die das Ehepaar Scholl an jenem 29. Dezember mittags gemeinsam im Wald gesehen haben wollen, mit ihren Fragen gewaltig ins Grübeln. Am Ende zweifeln die Beobachter selbst an ihren Erinnerungen. Ein wichtiges Indiz entfällt. Auch die Handyortung erweist sich als viel zu grob, um zu beweisen, dass sich Heinrich Scholl zu genau dieser Zeit an genau jenem Punkt befand.

Die Verteidiger bemühen sich, Scholls Tagesablauf zu rekonstruieren. Sie wollen zeigen, dass ihr Mandant gegen 12 Uhr, bevor er nach Berlin fuhr und sich dort nachweislich mit einem Bekannten traf, gar nicht am Tatort gewesen sein konnte. Er hielt sich zu jener Stunde nämlich noch in der Ludwigsfelder Kristalltherme auf, argumentieren sie. Das FKK-Bad ist eines seiner früheren Projekte, und mit den Betreibern verbinden ihn auch nach der Pensionierung noch Freundschaft und ein Beratervertrag. Deshalb, sagt Scholl, sei er in der Therme gewesen, als seiner Frau im Wald das Entsetzliche zustieß. Doch war er wirklich dort? Vermeintliche Zeugen widersprechen sich. Jeder erinnert sich anders. Aus der Untersuchungshaft heraus wendet sich der Bürgermeister a. D. mit den Worten »Liebe Ludwigsfelderinnen, liebe Ludwigsfelder« an seine Mitbürger und sucht per Zeitungsannonce jemanden, der ihn am Bad gesehen hat und entlasten kann. Er beschreibt seine Kleidung, bedankt sich für die Mithilfe. Vergeblich. Immerhin fällt Scholl an jenem Tag einer Kellnerin angenehm auf, die ihn – keine zwei Stunden nach dem Mord – im Berliner Restaurant *Hamlet* bedient hat: Er sei »total locker« gewesen, habe sich ihr gegenüber »ausgesprochen nett und charmant« verhalten.

Und die DNA, der »genetische Fingerabdruck« von Heinrich Scholl, den die Ermittler sowohl an dem Schnürsenkel als auch an einem Bekleidungsstück fanden, das seine Frau trug? Spricht der nicht eindeutig gegen den Angeklagten? Ja, sagt der Staatsanwalt. Nein, finden die Verteidiger. Denn was sei schon verwunderlich daran, dass Sachen, die zum Haushalt des Paares gehören, auch irgendwann einmal von ihm in den Händen gehalten worden seien. So gehen die Argumente hin und her, pro und kontra Heinrich Scholl. Er selbst presst die Lippen aufeinander, blättert in seinen Akten, notiert eifrig, hört den Befragungen konzentriert zu, sagt aber kein Wort. Er widerspricht nicht und gibt keine Erklärung. Acht Monate lang. Bis die Richter ihn am 7. Mai

2013 für schuldig befinden und zu lebenslanger Haft verurteilen.

Viele, die den Fall aus der Nähe verfolgen, schließen sich dieser Meinung an. Denn das, was Heinrich Scholl wirklich belastet, ist seine Ehe. Ein Miteinander, das für beide Partner schon frühzeitig zu einer Strapaze geworden sein muss, wie Freunde der Familie berichten: Heiner, das ungeliebte Kind einer herrischen Mutter, ein männliches Aschenbrödel, heiratet 1964 das schönste Mädchen der Stadt, eine ebenso umschwärmte wie verwöhnte Handwerksmeistertochter mit Westkontakten, der es finanziell gutgeht.

»Ich konnte das damals gar nicht verstehen, warum sich Heiner auf diese Beziehung einließ. Die beiden waren ein so ungleiches Paar«, erzählt ein Freund. Doch Brigitte erwartet ein uneheliches Kind, und das gilt in den Sechzigern auch in der ostdeutschen Provinz in jenen Kreisen als echter Makel. Ein Mann muss her, der sich des Kindes annimmt, beschließt Gittis Familie. Da ihr Schulfreund Heiner in deren Frisörsalon schon viele Hilfsdienste zuverlässig erledigt hatte, scheint er der geeignete Kandidat. Liebe hin oder her. Das Kind wird sein Sohn und Brigitte seine Frau. Trotz aller Zerwürfnisse und Heinrichs Affären kommen beide immer wieder zusammen, zuletzt zum Jahresende 2011. Ihr 47. Hochzeitstag fällt auf den 28. Dezember. Am 29. ist Brigitte Scholl tot.

Warum können sich Menschen, die sich nicht mehr verstehen, die einander zur Last werden, sich schikanieren und womöglich irgendwann hassen, warum können die sich nicht trennen, bevor es zu spät ist? Diese Kernfrage vieler Verbrechen schwebt auch über dem Verfahren gegen Heinrich Scholl. Bei ihm kommen die öffentliche Anerkennung, sein Aufstieg in der Politik, die ihm entgegengebrachte Verehrung in der Stadt, das nach außen gekehrte Bild eines Vorzeige-Ehepaares zu allen Erklärungsversuchen noch hinzu.

Die erfahrene Reporterin Anja Reich, die für die *Berliner Zeitung* arbeitet und den Prozess gegen Heinrich Scholl begleitet, versucht, dieses Warum zu ergründen. Ihr Psychogramm ähnelt einem Krimi, und es ist kein Wunder, dass sich der Ullstein Verlag, der ihr Buch *Der Fall Heinrich Scholl* im Frühjahr 2014 herausbringt, bald mit Wünschen konfrontiert sieht, diese Geschichte zu verfilmen. Denn sie hat alle Bestandteile, die sich ein TV-Event wünschen kann: Liebe, Macht, Eifersucht, Gewalt, Politik, Ruhm, heimliche Liebschaften, Herrschaftsspiele, Versöhnung, Ausbruch, Demütigungen, Verzweiflung, Rache. Akribisch setzt Anja Reich die Puzzlesteine einer zerrütteten Beziehung aneinander, gleicht sie ab mit den Indizien, die die Polizei bei den Ermittlungen fand, sie spricht mit Freunden und Bekannten des Paares, besucht den Verurteilten im Gefängnis. Und so, wie Brigitte und Heinrich Scholl miteinander lebten, so schwierig, voller Widersprüche und gegenseitiger Kränkungen, liest sich Reichs Buch wie die Ankündigung eines dramatischen Endes. Auch eines Mordfalls?

Als Heinrich Scholl 2008 von seinem Amt als Bürgermeister von Ludwigsfelde zurücktritt, ist er gerade 65 Jahre alt und hat Pläne. Er will sein Freisein von den täglichen Arbeitsverpflichtungen genießen, ausschlafen, lesen, Freunde treffen, vielleicht ein größeres Buch schreiben. Er fühlt sich fit, träumt noch von Gipfeln, die er ersteigen könnte. Den Kilimandscharo und den Mont Blanc hat er schon genommen. Um unabhängig zu sein, richtet er sich ein kleines Büro ein – in Berlin, ein Stück weg von Ludwigsfelde und seiner Gattin. Wenn es ihm an Sex mangelt, geht er ins Bordell. Mitunter zwei-, dreimal die Woche. Das sagt er selbst. Und er beneidet einen Bekannten um dessen thailändische Geliebte.

Diese thailändische Geliebte hat eine Schwester, mit der sich Heinrich Scholl schnell anfreundet. Phinyoyos P. ist 33 Jahre jünger als er. Sie wird seine Affäre, seine Geliebte.

Scholl geizt nicht mit Geschenken und Aufmerksamkeiten. Er übernimmt Teile ihrer Schulden, bezahlt ihr eine Operation der Augenlider und diverse Gucci-Taschen. Auch ihre thailändische Familie freut sich über Zuwendungen. Vor Gericht kommt eine Summe zwischen 40.000 und 70.000 Euro zur Sprache, die Scholl für seine Liebschaft ausgibt. Als er merkt, dass sie außer ihm noch anderen Männern Sex anbietet, entflammt seine Eifersucht. Er setzt sogar einen Privatdetektiv auf Phinyoyos P. an. Ihr wird das alles unheimlich. Sie verstößt Scholl, er droht: »Ich finde dich überall!« Sie bekommt Angst und verlässt Berlin.

Der Ausgemusterte muss sein Leben mal wieder neu ordnen. Wenig später zieht er zurück ins Ludwigsfelder Doppelhaus, zu der betrogenen Brigitte. Ob sie ihn spüren lässt, dass er nun tief in ihrer Schuld steht? Brigitte Scholl hat einer Freundin etwas in dieser Art angedeutet. Sie verweist ihren Mann in ein Gästezimmer im Keller. »Meine Mutter war schon sehr, sehr gekränkt, es ging ihr nicht gut«, berichtet auch der Sohn. Doch dass sein Vater sie getötet haben könnte, das will ihm damals nicht in den Kopf. »Obwohl er sich in den Tagen nach ihrem Tod so merkwürdig verhielt, dass ich gar nicht mehr wusste, was ich glauben sollte«, beschreibt der 48-Jährige vor Gericht seine Zerrissenheit. Inzwischen kennt er die Protokolle und Akten, die Indizien gegen seinen Vater und die Bewertung der Juristen. »Es muss wohl so gewesen sein, ich habe keine andere Erklärung«, räumt er ein. Auch der Bundesgerichtshof sieht kein fehlerhaftes Verfahren und bestätigt das Mordurteil der Potsdamer Richter.

Kurz vor Weihnachten 2011, Brigitte Scholl lebt noch, holt sich ihr Mann die ersten Exemplare eines von ihm verfassten Buches aus einem kleinen Verlag ab. Dieser Verlag druckt auf Kosten des jeweiligen Autors Geschichten, die der gern veröffentlicht sehen würde: ganz persönliche Erinnerungen, Autobiographien, Gedichtsammlungen – oder erotische Erzählungen, wie Heinrich Scholl eine ersann. Er verschenkt sie in jenen Dezembertagen an viele Bekannte. Das Bändchen trägt den Titel »Wachgeküsst«, sein Verfasser wählte als Pseudonym den Namen Henry Sanders – H.S. Und Heinrich Scholl macht kein Hehl daraus, dass die Erzählung autobiographische Züge trägt.

Scholls Alter Ego, der Ich-Erzähler Henry, und Lydia, seine Geliebte, leben auf den Buchseiten all ihre Fantasien aus. In einem längeren Zwiegespräch erzählt jener Henry seinem Weinhändler von der heißen Affäre ebenso wie von der ungeliebten Gattin daheim. Sie unterhalten sich darüber, wann Zweisamkeit endet. Dazu trinken sie einen 73er Châteauneuf-du-Pape. »Haben Sie jemals daran gedacht, sich scheiden zu lassen?«, fragt der Protagonist. Und Scholl lässt den Weinhändler antworten: »An Scheidung nie, an Mord schon.«

Ob auch seine Frau Brigitte das Buch las, bleibt, wie so vieles, offen.

3. Flucht mit Folgen

Der Fall Frank Schmökel

Das Landgericht Neuruppin gleicht einem Hochsicherheitstrakt, als am 28. Oktober 2002, zehn Uhr, der Prozess gegen den Schwerverbrecher Frank Schmökel beginnt. Bei den aufwendigen Kontrollen werden selbst Kugelschreiber auseinandergeschraubt. Nicht wie üblich begleitet von Justizbeamten, sondern von vermummten Angehörigen einer bewaffneten Polizeisondereinheit wird der 40-Jährige mit Fuß- und Handfesseln über einen separaten Gang in den Gerichtssaal geführt. Der hochgewachsene Mann, der die Kapuze seines schwarzen Sweatshirts über den Kopf gezogen hat und sein Gesicht hinter einer Sonnenbrille verbirgt, ist sehr gefährlich. Er und die Zuschauer sollen voreinander geschützt werden. Deshalb hat Jutta Hecht, die Vorsitzende Richterin aus Frankfurt (Oder), diesen Ort gewählt. Zu Hause an ihrem Gericht hätten die Auflagen nicht erfüllt werden können.

Die Anklage wirft Frank Schmökel Mord, versuchten Totschlag in drei Fällen sowie Raub mit Todesfolge vor. Doch in dem ungewöhnlichen Verfahren wird es auch um den Maßregelvollzug in Brandenburg, seine Versäumnisse und seine Grenzen gehen. Denn dem Angeklagten gelang es seit 1993 gleich sechsmal, der geschlossenen Psychiatrie zu entkommen. Die Anklagepunkte, derentwegen er nun vor Gericht steht, sind Folge seiner jüngsten Flucht im Oktober 2000. »Wir brauchen kein Geständnis«, sagt der Leitende Oberstaatsanwalt Hartmut Oeser. Ein Tagebuch und rund 20 beschlagnahmte Briefe, die Schmökel in den Jahren zuvor an einen Psychologen, an Bekannte, einen Pfarrer und seine Mutter schrieb, gehören zu den Beweisen. Die teilweisen intimen Bekenntnisse werden zum Prozessauftakt verlesen. Es geht viel um Perversität, Sodomie und Sadismus. Anders als die Post von Häftlingen wird der Briefwechsel von Insassen des Maßregelvollzugs nicht kontrolliert.

Aber wer ist dieser 1,92 Meter große Hüne, der schon als Elfjähriger ein fünf Jahre altes Nachbarmädchen missbraucht haben soll? Der von sich selbst sagt, er habe Angst vor sich? Der Redaktionen über Wochen beschäftigt, und Arbeitsräume dort, wie in der *Berliner Zeitung*, nur noch Schmökel-Stuben genannt werden?

Frank Schmökel, 1962 geboren, wächst mit seinem etwas älteren Bruder bei der Mutter in Strausberg bei Berlin auf. Seine Eltern lassen sich scheiden, als Frank sieben Jahre alt ist. Er verlässt die Schule nach der 8. Klasse. In seinem Zeugnis wird er als hilfsbereit und intelligent beschrieben. 1977 beginnt er in der LPG »Salvador Allende« in Hermersdorf bei Buckow eine Lehre als Rinderzüchter. Bereits in dieser Zeit fühlt er sich auch sexuell zu Tieren hingezogen, vergreift sich an Kälbern. Selbst mit Kadavern verschafft er sich Befriedigung. Als er 16 ist, schickt ihn seine Mutter in ein Heim.

Er trinkt. »Ich habe nie gelernt, mir den Wecker zu stellen, mit Geld, Alkohol und Mädchen umzugehen«, sagt er im Rückblick. Als 19-Jähriger reist er ohne Ziel durch die DDR, wird von der Polizei in Halberstadt aufgegriffen und muss wegen »versuchter Republikflucht« für zehn Monate ins Gefängnis. Nach der Haftzeit arbeitet er wieder in einer LPG und lässt sich taufen. »Ich habe geglaubt, dass Gott mir weiterhilft – und habe meine sexuellen Sachen in den Griff bekommen«, sagt er. Doch die Kirche enttäuscht ihn. Er wendet sich 1987 wieder von ihr ab. Schmökel, inzwischen 25, verliebt sich in die mehr als zehn Jahre jüngere Tochter von Bekannten. Betrunken läuft er nach einer Betriebsfeier zum Elternhaus der 14-Jährigen und sieht das Mädchen durch ein Fenster nackt im Badezimmer stehen. »Wie ein Tier kam es über mich«, beschreibt Schmökel die Situation. Er klettert auf das Dach, reist Ziegel heraus und verschafft sich Zutritt zu dem Haus. Die alarmierte Polizei kann die Vergewaltigung gerade noch verhindern. 1988 wird er zu einem Jahr und neun Monaten Haft verurteilt. Kurz darauf flieht er und erhält zusätzlich zehn Monate. Durch die Weihnachtsamnestie kurz nach dem Mauerfall kommt er im Dezember 1989 auf freiem Fuß.

Doch von kleinen Mädchen kann er nicht lassen. 1991/92 belästigt er in Strausberg vier Schülerinnen und missbraucht sie zum Teil. Sie sind acht bis zwölf Jahre alt. Ein Gericht verurteilt ihn dafür zu fünfeinhalb Jahren Haft. Doch weil ihm Gutachter im Prozess eine krankhafte Störung seines Verhaltens bescheinigen, wird er in die Psychiatrie eingewiesen, in den Maßregelvollzug. Für Verurteilte wie Schmökel bietet diese Form des Eingesperrtseins trotz der Gitter vor den Fenstern viele Chancen. Anders als ein Häftling im Gefängnis gelten die Insassen des Maßregelvollzugs als Patienten, die von ihren psychischen Leiden therapiert werden sollen. Wenn es Therapeuten für sinnvoll erachten, erhalten sie schnell Annehmlichkeiten und Freiheiten, von denen Strafgefangene nur träumen können. Die DDR hatte den Maßregelvollzug 1968 abgeschafft.

Auch Schmökel profitiert vom Vorzug des bundesdeutschen Rechtssystems, nunmehr ein Patient zu sein. Schon zu Ostern 1994, nicht einmal ein Jahr nach der Verurteilung, bekommt er Ausgang. Aber in die Klinik kehrt er am 4. April, Ostermontag, nicht zurück. In Quitzerow, einem kleinen Dorf bei Demmin in Mecklenburg-Vorpommern, beobachtet er stattdessen die elfjährige Christine beim Spielen. Er entführt das Kind von der Straße, quält und missbraucht es im Wald. Schließlich würgt er sein Opfer, bis er glaubt, es sei tot. Doch Christine überlebt die Tortur mit schwersten körperlichen und seelischen Verletzungen. Schmökel kann erst neun Tage nach seiner Flucht gefasst werden. Wegen versuchten Mordes und sexuellen Missbrauchs verurteilt ihn ein Gericht zu 14 Jahren Haft. Die Richter erwarten keine »Heilung der Triebanomalie«, weisen ihn dennoch wieder in den Maßregelvollzug ein. Seinen ersten Urlaub erhält er nach zwei Monaten.

Am 16. Februar 1995 entkommt Schmökel aus der geschlossenen Klinik ohne viel Aufsehen. Einen Tag später schon wird er gefasst. Es sei nichts Schlimmes passiert, heißt es.

Schmökel hat es in all den Jahren in der Psychiatrie gelernt, den wechselnden Gutachtern Geschichten zu erzählen. Sie müssen ihm nur die Möglichkeit offenhalten, als Kranker behandelt zu werden. »Sexuelle Deviation auf dem Boden einer Borderline-Störung im Sinne der primären psychischen Fehlentwicklung«, lautet eine Diagnose, auch von »sexualpathologischer Triebabweichung«, »multiplen Störungen der Sexualpräferenz« und »Sodomie mit nekrophilen Tendenzen« ist die Rede. Gelingt es später, beim Therapeuten den Eindruck zu erwecken, dessen Arbeit zeige Erfolge, sind Lockerungen lediglich eine Frage der Zeit. »Ich glaube, die wissen auch nicht, was sie mit uns anfangen sollen«, schreibt er in einem seiner Briefe. Das Gequatsche der Psychologen diene nur dazu, »das Volk zu beruhigen«.

Beim Psychologen Michael Brand, der Schmökel ab Frühjahr 1995 in der Landesklinik Brandenburg/Havel therapiert, scheint es anders zu sein. Brand glaubt, die Ursache für Schmökels Verhalten liege in dessen Kindheit. Nicht Sex mit Kindern, sondern Gewalt und Macht über sie haben zu wollen, sei das Problem des Patienten, befindet er. Und Schmökel vertraut Brand, der für ihn zur Vaterfigur wird. »Tränen will ich sehen und Schreie hören. Kleinen Mädchen den Po rot und blau schlagen oder mit dem Handfeger verprügeln«, schreibt der Eingesperrte in einem Brief. Nach vier Monaten wird der Arzt wegen angeblich zu großer Nähe zu dem Patienten entlassen. Viele Kollegen und Pfleger hatten sein Vorgehen skeptisch beäugt. Doch Schmökel lässt den Kontakt zu Brand nicht abreißen und schickt ihm in den Folgejahren viele Dutzend Briefe.

Das Klinikpersonal hat keine Bedenken, ihrem berüchtigten Patienten schnell wieder erstaunliche Freiheiten zu gewähren. Zu der Lockerungsstufe, die Schmökel eingeräumt wird, gehört das Angebot, einer Anwohnerin zweimal in der Woche bei der Gartenarbeit zu helfen – jeweils für mehrere Stunden und ohne Bewachung. Auch am 24. Juli 1996, einem Mittwoch, holt ihn die Frau am Nachmittag mit dem Auto von der Klinik ab. Doch sie kann ihn nicht wie üblich um 18.30 Uhr zurückbringen. Schmökel hat ihren Renault entwendet und ist verschwunden – zum dritten Mal. Zwei Tage später gerät er mit dem Wagen bei Demmin in eine Geschwindigkeitskontrolle, wird erkannt und festgenommen. Bis nach Quitzerow, wo er zwei Jahre zuvor die Schülerin Christine malträtierte, sind es nur wenige Kilometer.

Mit den Freundlichkeiten für Schmökel ist es nach dieser Flucht zunächst vorbei. Im Freien darf er sich nur noch auf dem Innenhof des Brandenburger Maßregelvollzugs bewegen. Für ihn gilt jetzt die höchste Sicherungsstufe. Wie es ihm trotzdem gelingt, unbemerkt das Gitter vor seiner Zelle durchzusägen, bleibt ein Rätsel. Gemeinsam mit einem anderen Patienten, dem 30-jährigen Silvio R., seilt er sich in der Nacht zum 20. Februar 1997 an zusammengeknüpften Bettlaken ab und entkommt zum vierten Mal. Was die Polizei besonders beunruhigt, ist der Zettel, den Schmökel zurücklässt. Eine unmissverständliche Drohung. »Tut mir leid, die Kleine geht mir einfach nicht aus dem Kopf«, notierte er. Für die Beamten gibt es keinen Zweifel, wen er damit meint. In Quitzerow leitet die Polizeidirektion Neubrandenburg »umfangreiche Schutzmaßnahmen« für Christine ein.

Das brandenburgische Sozialministerium erklärt das Gelingen der Flucht damit, dass das Gebäude von 1897 »nicht den Anforderungen« entspreche. Das durchsägte Fenstergitter stamme aus dem Jahr 1912. »Wir haben im Moment nichts Besseres«, sagt ein Sprecher. Er vermutet, dass das Sägeblatt, das Schmökel benutzte, von einem Mitgefangenen nach einem Freigang in die Klinik geschmuggelt wurde. Silvio R. wird zwei Tage nach der Flucht gefasst.

Schmökel zu finden ist schwieriger, auch wenn die Großfahndung nach dem Triebtäter schnell auf Hochtouren läuft. Das Landeskriminalamt setzt allein zwölf Zielfahnder ein, die den 34-Jährigen aufspüren sollen. Von den 80 Hinweisen, die aus der Bevölkerung eingehen, erweisen sich vier als hilfreich. Am letzten Februartag entdecken die Fahnder den Unterschlupf Schmökels, eine Holzhütte auf dem Gelände eines ehemaligen Ferienlagers bei Fohrde in der Nähe von Brandenburg/Havel. Doch der Gesuchte bemerkt, dass er sich dort nicht mehr verstecken kann und verbringt die kalte Winternacht auf einer Müllkippe. Dort findet er Essensreste und auch Tabletten, die er schluckt.

Am frühen Morgen des nächsten Tages wählt Schmökel entnervt in einer Telefonzelle die Nummer 110. Er kann der Polizei nicht genau sagen, wo er sich befindet. Doch kurze Zeit später können ihn Beamte in Radwege festnehmen, neun Tage nach dem Ausbruch. Er hatte die Telefonzelle noch nicht einmal verlassen. Schmökel habe – wohl eine Folge der Tabletten – einen »orientierungslosen und deprimierten Eindruck« gemacht, berichtet eine Polizeisprecherin. Wenige Wochen danach schreibt er in einem Brief: »Zum ersten Mal nach fast drei Jahren, die mich von meiner letzten Straftat trennen, habe ich heulend auf der Müllkippe gesessen und total mein verpfuschtes Leben verflucht, aber eben das habe ich gebraucht, denn ich war auch versucht, meine sexuelle Gier zu befriedigen.«

Ein halbes Jahr später, am 16. September 1997 gegen 23 Uhr, entkommt Schmökel zum fünften Mal. Er ist inzwischen in die angeblich sicherere Klinik nach Neuruppin verlegt worden. Wieder sägt er einen Gitterstab vor seinem Fenster im zweiten Stock durch, und wieder seilt er sich an Bettlaken ab. Mit ihm flieht ein 18-Jähriger. In Quitzerow erhält das Mädchen Christine sofort Polizeischutz.

Gleich nach der Flucht stehlen die beiden Männer ein Auto und fahren nach Wittenberge. Dort kommt Schmökels junger Begleiter her, der noch in derselben Nacht festgenommen werden kann. In den Mittagsstunden, 13 Stunden nach dem Ausbruch, spüren Suchhunde der Polizei in einem unbewohnten Haus auch Schmökel auf. Ein Psychologe erklärt, es habe keine Hinweise gegeben, dass er fliehen wollte.

Nach diesem Ausbruch kündigt das Sozialministerium in Potsdam an, die Sicherheitstechnik der Klinik aufzurüsten. Bis zu 300.000 Mark seien dafür eingeplant. Zu den Maßnahmen gehören ein Übersteigschutz für die Mauer um das Gelände in Neuruppin und neue Fenstergitter. Schmökel selbst darf nicht in seine alte Zelle zurück. Er wird isoliert. Sein neuer Raum hat statt Fenster eine Außenwand aus Glasziegeln, die in Metallrahmen verankert sind. Außerdem wird er nun im 15-Minuten-Takt kontrolliert, bisher waren es alle 30.

In vielen seiner Briefe schreibt Schmökel über jene Christine, die er 1994 in Quitzerow quälte und missbrauchte. 1999 nimmt er unter fremden Namen und mit einer Deckadresse Kontakt zu der inzwischen 16-Jährigen auf, fragt, was sie so mache und für was sie sich interessiere. Niemand bemerkt das Ungeheuerliche. Die Schülerin antwortet ahnungslos, erzählt, dass sie Angst vor geschlossenen Räumen habe und schickt dem neuen Brieffreund sogar ein Foto von sich. Mehrere Briefe gehen hin und her. Bis der Vergewaltiger sich zu erkennen gibt. »Du wirst mich hassen«, schreibt er. »Ich hatte die Idee, dass gerade Du Dich in mich verlieben könntest.« Er hat es wieder geschafft, in das Leben des Mädchens einzudringen.

Schmökel liebt es, sich selbst zu analysieren. »Warum bin

ich so? Nicht weil ich so sein will«, notiert er in einem der Schreiben. Einem Bekannten teilt er im Oktober 2000 mit, in der Therapie sei ihm klar geworden, als Kind von seiner Mutter sexuell missbraucht und geschlagen worden zu sein. Mit Bezug auf Christines Martyrium erklärt er: »Bei der Tat 1994 habe ich noch gedacht, es ist Sex. Jetzt weiß ich es besser. Ich wollte ihr Flehen hören, so wie ich gefleht habe, nicht geschlagen zu werden, als mich meine Mutter zu Sex zwang.«

Ungeachtet des Wahrheitsgehalts seiner Behauptung wird die Mutter über all die Jahre zum Feindbild schlechthin. »Du hast mich zu dem gemacht, was ich bin. Ich hasse Dich abgrundtief«, schrieb er ihr Mitte Oktober 2000. »Nicht ich habe mein Leben versaut, sondern Du. Wir sehen uns in der Hölle, dumme Sau.«

Wenige Tage darauf ruft Schmökel seinen früheren Therapeuten Brand an und berichtet ihm von einem geplanten Besuch bei der kranken Mutter. Der Besuch gehört zu den Lockerungen, die die Klinikverantwortlichen schon im April beschlossen haben. Der Patient sei sehr therapiewillig, nicht fluchtgefährdet und habe »keine sexuellen Fantasien«. Brand rät Schmökel am Telefon dringend, auf den Ausflug zu verzichten. »Ich habe ihm gesagt, fahren Sie da um Himmels willen nicht hin. Das ist doch alles noch nicht aufgearbeitet.«

Doch Schmökel plant längst seinen nächsten Ausbruch. Bei dem Besuch will er mal Betreuer und Mutter mit K.o.-Tropfen außer Gefecht setzen, mal mit einer Pistole alle anderen »in Schach halten«. Die Fluchtpläne gibt er angeblich kurz vor der Reise auf: »Ich hatte nichts, womit ich fliehen konnte.«

Am 25. Oktober 2000, einem Mittwoch, macht sich Schmökel am Morgen in Begleitung eines Sozialarbeiters und zweier Pfleger auf den Weg von Neuruppin nach Strausberg, wo seine Mutter wohnt. Er sei im Auto richtig lustig gewesen und habe Witze gemacht, erzählt einer der Begleiter später. Nichts habe auf Aggression oder Fluchtbereitschaft hingedeutet. Schmökel hat Kuchen gebacken und selbstbemalte Gipsfiguren im Gepäck. Nach der Ankunft in Strausberg repariert er noch schnell das Fahrrad der Mutter, bevor sich die Runde am Vormittag an die Kaffeetafel setzt. Die Harmonie deuten ein Pfleger – erst seit fünf Wochen in der Klinik – und der Sozialarbeiter – neu im Beruf – als Gelegenheit, vor dem Haus eine Zigarette zu rauchen. Sie kennen Schmökel kaum, der in diesem Moment brav in die Küche geht, um noch etwas Kuchen zu holen. Die Katastrophe nimmt ihren Lauf.

Mit dem Kuchen trägt Schmökel ein langes Küchenmesser ins Zimmer, mit dem er unvermittelt auf den Pfleger Manfred S. losgeht. Der 57-jährige Betreuer ist seit fünf Jahren für Schmökel zuständig. »Lass das, Frank«, kann er noch rufen. Insgesamt sechsmal sticht Schmökel auf den Mann ein, der ihm »fast ein väterlicher Freund« gewesen sei. »Eiskalt, als wenn er mir ein Stück Kuchen reichen würde«, so schildert der Pfleger das Erlebte. Eine Notoperation rettet S. vor dem Tod. Auch die Mutter, die ihren Sohn bremsen will, verletzt Schmökel durch Messerstiche schwer.

Er sagt später, die Mutter habe abfällig über sein verkorkstes Leben gesprochen und seine Tochter als Flittchen bezeichnet. Da habe er in der Küche das Messer gesehen. »Ich hatte plötzlich allen Hass der Welt in mir«, erzählt Schmökel. Sein Pfleger versichert, die Mutter habe sich lediglich über den zu süßen Kakao beklagt.

Die Flucht Schmökels ist nicht mehr zu verhindern. Gegen 11.30 Uhr läuft er aus dem Haus. In Strausberg lässt die Polizei kurz darauf Hubschrauber aufsteigen, Hunderte Beamte kontrollieren die Ausfallstraßen, durchsuchen Autos, Züge und Häuser. Die Grenze nach Polen wird scharf bewacht. Zielfahnder schwirren aus. Am Abend läuft die Fahndung bundesweit. Die Polizei setzt 5.000 Euro Belohnung für Hinweise aus. Weil Schmökel auch nach Tagen nicht gefasst ist, appelliert ein Polizeisprecher: »Lassen Sie Ihre Kinder nur in Begleitung auf die Straße.« Eine 16-Jährige glaubt, den Triebtäter in Berlin-Marzahn gesehen zu haben. Über 60 Beamte durchkämmen daraufhin erfolglos die Gegend um die Raoul-Wallenberg-Straße. Am Lehrter Stadtbahnhof stoppt der Bundesgrenzschutz eine S-Bahn und durchsucht sie. Rund hundert Polizisten beschützen in Quitzerow die inzwischen 18 Jahre alte Christine rund um die Uhr. Schmökels Vater versucht in der ZDF-Sendung »Aktenzeichen XY … ungelöst«, seinen Sohn zur Aufgabe zu bewegen.

In Brandenburg gerät Sozialminister Alwin Ziel (SPD) unter Druck. Sein Ministerium habe den Maßregelvollzug vernachlässigt, werfen Kritiker ihm vor.

Die Polizei glaubt, dass der 38-jährige Hüne sich noch in Strausberg oder der Umgebung aufhält. Dort kennt er sich aus. Tatsächlich nutzt er einen Bungalow in der Siedlung »Postbruch« als Versteck – sowie zum Schreiben eines Tagebuchs und von Briefen, die er nicht abschickt. Er berichtet, wie er in Lauben einbricht und Lebensmittel stiehlt, wie er sich betrinkt, wie aufregend es ist, dass die Polizei nach ihm sucht. Einmal entgeht er nur knapp der Entdeckung. Und er schreibt: »Um in den Besitz eines Autos zu kommen, würde ich auch töten.« Tausende Flugblätter mit Fahndungsfotos werden verteilt.

Von seinem Versteck aus überblickt der Gesuchte auch das Nachbargrundstück, das einem älteren Ehepaar aus Berlin gehört. Am 2. November 2000 will der Frührentner Johannes B. noch einmal nach dem Garten sehen. In der Mittagssonne macht er es sich auf einer Klappliege bequem. Schmökel nähert sich von hinten. Als sich der 61-Jährige aufrichtet, schlägt er mit einem Spaten zu. Der Mann stirbt kurz darauf.

Später wird Schmökel erklären, er habe die Enkelin des

Ehepaares – die es gar nicht gibt – auf der Liege vermutet. Das Kind habe er zuvor im Garten bemerkt. »Als ich das Mädchen sah, wuchs der Wunsch, mit ihr ähnlich wie mit Christine zu verfahren.« Den Nachbarn, den er plötzlich erkannte, habe er nicht töten wollen.

Um 18.25 Uhr ruft Schmökel von einer Telefonzelle im sächsischen Niesky seinen früheren Therapeuten Michael Brand an und gesteht, einen Mann schwer verletzt zu haben. Und er sagt, dass er mit dem Auto des Opfers unterwegs sei. 15 Minuten dauert das Gespräch. Trotz der Hinweise des Psychologen fällt es der Polizei schwer, den Tatort zu finden. Kurz vor 21 Uhr entdeckt aber ein Nachbar den Toten. Die Fahndung läuft jetzt auch in Polen und Tschechien. Gesucht wird ein grüner Hyundai Pony, Kennzeichen B-NM 9392.

Brandenburgs Innenminister Jörg Schönbohm (CDU) fordert schärfere Gesetze – und erhöht die Belohnung für Hinweise, die zur Festnahme Schmökels führen, auf die rekordverdächtige Summe von 50.000 Euro. In Potsdam tritt der Gesundheits-Staatssekretär Herwig Schirmer zurück. Ministerpräsident Manfred Stolpe (SPD) verschiebt seinen Urlaub. Eine vierköpfige Kommission unter Vorsitz des früheren Innenministers von Nordrhein-Westfalen, Herbert Schnoor (SPD), soll Verbesserungsvorschläge für den Maßregelvollzug in Brandenburg erarbeiten.

Zwei Tage nach dem Mord stößt ein Spaziergänger in einem Waldstück bei Bautzen gegen 17 Uhr auf den abgestellten Hyundai. In der Nähe findet die Polizei eine Schlafstelle, offenbar von Schmökel. Neben einem Schlafsack liegen ein Luftgewehr und vier Messer, zwei Werkzeugkoffer, Arbeitshandschuhe und eine halbvolle Flasche Sangria. Mehr als tausend schwerbewaffnete Beamte aus fünf Bundesländern durchstreifen mit 50 Spürhunden ein 24 Quadratkilometer großes Gebiet, unterstützt von Hubschraubern mit Wärmebildkameras. Sie entdecken eine frische Feuerstelle und ein 42-seitiges Fluchttagebuch.

Am 7. November bemerkt ein Laubenbesitzer im nahen Saritsch Einbruchsspuren an seinem Bungalow. Er ruft die Polizei, die mit drei Streifenwagen zu dem Grundstück außerhalb des Suchgebiets rast. Um 14.52 Uhr überwältigen die sieben Autobahnpolizisten den Gewalttäter in der Hütte. Am Boden liegend versucht er noch, ein Messer zu ziehen, bevor er von einer Kugel im Bauch getroffen wird. Es ist der 13. Tag der Flucht, die ein Menschenleben forderte und mehr als sieben Millionen Euro kostete. Unter Polizisten ist von der teuersten Zigarettenpause Deutschlands die Rede. In Neuruppin leitet die Staatsanwaltschaft Ermittlungen gegen die drei Ärzte und Psychologen ein, die Schmökels Ausgang genehmigt hatten.

Den schwer verletzten Schmökel lässt Brandenburg am 9. November mit einem Hubschrauber in das Haftkrankenhaus Fröndenberg bei Dortmund (Nordrhein-Westfalen) fliegen, es gilt als die modernste Haftklinik Europas. Das Personal erhält wegen der Gefährlichkeit des Triebtäters besondere Instruktionen. Der Rückflug drei Wochen später nach Brandenburg/Havel erfolgt unter strengsten Sicherheitsvorkehrungen. Für Schmökel ist in der psychiatrischen Landesklinik ein 14 Quadratmeter großer Isolationsraum mit Bett, Dusche und Toilette vorbereitet, ein eigener Sicherheitstrakt. Das Personal kann ihn über ein Sichtfenster und eine Videokamera von außen überwachen. Jeweils zwei Pfleger pro Schicht sind nur für ihn abgestellt. Die Fenstergitter sind durch Panzerglas geschützt. Schmökel darf die Zelle nur mit Handfesseln verlassen. Seine Anwälte setzen später durch, dass er nicht mehr rund um die Uhr mit der Kamera beobachtet werden darf.

In dem Mordprozess, der fast zwei Jahre später beginnt, macht der Chef der unabhängigen Untersuchungskommission mangelnde Professionalität im Maßregelvollzug mitverantwortlich für die Flucht des Gewaltverbrechers. »Es ist ein Wunder, dass damals nicht noch mehr passiert ist«, sagt

Herbert Schnoor. »Auch die aus dem Westen stammenden Experten haben offensichtlich nichts Entscheidendes zur Verbesserung unternommen.« Weil die Therapie von 1997 bis 2000 nicht dokumentiert worden sei, könne die Kommission nicht einmal beurteilen, ob Schmökel die richtige Behandlung erhalten habe. Schnoor kritisiert auch die baulichen Zustände in der Neuruppiner Klinik.

In dem Verfahren kommen Gutachter – wie schon viele vor ihnen – zu dem Schluss, dass Schmökel nicht therapierbar ist. Der Psychiatrieprofessor Norbert Konrad sieht bei dem Angeklagten eine »dissoziale Persönlichkeitsstörung«, die gekennzeichnet sei durch ein »herzloses Unbeteiligtsein gegenüber dem Leiden seiner Opfer«. Bei ihm habe sich über die Jahre der Hang zum Sadismus verstärkt.

Richterin Jutta Hecht verkündet am 11. Dezember 2002 das Urteil: Frank Schmökel erhält wegen Mordes, versuchten Mordes sowie versuchten Totschlags eine lebenslange Freiheitsstrafe mit anschließender Sicherheitsverwahrung. Die Richter halten ihn für uneingeschränkt schuldfähig. Der Bundesgerichtshof weist im November 2003 die Revision Schmökels ab. Damit ist das Urteil rechtskräftig. Sein Alltag spielt sich fortan in dem eigens für ihn errichteten, mit Videokameras überwachten und stark gesicherten Komplex auf dem Gelände der Asklepios-Klinik in Brandenburg/Havel ab.

Jahre später kommt Schmökel noch einmal in die Schlagzeilen. Vor Gericht erstreitet er sich 2007 eine SED-Opferrente von 250 Euro, weil er 1981 zehn Monate Haft wegen versuchter Republikflucht abgesessen hat. Das Oberlandesgericht in Rostock hebt die Entscheidung 2009 wieder auf – der Antragsteller sei im Sinne des Rehabilitierungsgesetzes nicht bedürftig. Im Gewahrsam werde er mit allem Lebensnotwendigen versorgt.

Im Februar 2010 erscheint im Esoterik-Magazin »Zukunftsblick«, Seite 256, eine Kontaktanzeige. Frank (47), »vom Schrecken der Menschen zu Gottes Kind geworden.

Möchte noch einmal das Wunder der Liebe erleben«, heißt es auf rosarotem Papier. »Äußerlich gefangen, aber innerlich frei, erwarte ich Eure Post.« Kontaktadresse ist der Maßregelvollzug in Brandenburg/Havel.

Tatsächlich erhält Schmökel daraufhin eine Reihe von Liebesbriefen, zum Teil mit Heiratsanträgen oder unmissverständlichen Sexangeboten. Viele Verehrerinnen, die er nicht erst seit der Kontaktanzeige hat, besuchen den verurteilten Triebtäter in der forensischen Abteilung der Landesklinik Brandenburg. »Die Frauenherzen fliegen ihm zu«, formuliert die *Bild*-Zeitung zugespitzt.

Der renommierte Göttinger Psychiater Professor Borwin Bandelow spricht mit Schmökel hinter den Gittern über das Phänomen, dass Schwerverbrecher Frauen häufig anziehen. Bandelows Spezialgebiet ist die Angstforschung. Ihm ist trotz aller Sicherheitsvorkehrungen mulmig, als er Schmökel gegenübertritt, wie er später in seinem Buch »Wer hat Angst vorm bösen Mann?« berichtet. Doch die Situation entspannt sich schnell. Schmökel empfängt ihn lächelnd mit Apfelkuchen und Tee. Er erlebt unmittelbar den manipulativen Charme des Schwerverbrechers, mit dem es Schmökel auch immer wieder gelang, Ärzte und Betreuer von seiner angeblichen Ungefährlichkeit zu überzeugen.

Der Autor zeigt sich beeindruckt von der Analysefähigkeit des nicht sehr gebildeten Sexualstraftäters, der die ihn anhimmelnden Frauen für sich in fünf Kategorien einteilt. Frauen mit eklatantem Mangel an natürlichem Schamgefühl gehören dazu oder Frauen, die bisher Pech in der Liebe hatten. Oder Frauen mit »Rotkäppchen-Syndrom«, die das Böse, das Gewalttätige einfach anzieht. Schmökel erzählt dem Professor von einer 27-jährigen Theologiestudentin, die davon träumte, dass er sie im Besucherzimmer brutal vergewaltige. Auch eine »echte Liebesbeziehung« mit einer 14 Jahre jüngeren, knabenhaft gebauten Frau habe es gegeben, berichtet Schmökel.

Am 5. Dezember 2016 ordnet das Oberlandesgericht (OLG) in Brandenburg/Havel an, dass Frank Schmökel vom Maßregelvollzug, einer geschlossenen Krankenstation, ins Gefängnis umziehen muss. Damit folgt das OLG als letzte Instanz einem Antrag der Neubrandenburger Staatsanwaltschaft, die die Sonderbehandlung des Mörders und Kinderschänders schon seit Jahren für nicht mehr vertretbar hält. Sie stützt sich dabei auf ein neues Gutachten, das Schmökel als untherapierbar beschreibt. Schmökel hat bisher mehr als 20 Jahre im Maßregelvollzug verbracht, unterbrochen nur von seinen Ausbrüchen und den dabei begangenen Taten.

Schmökel, inzwischen 54 Jahre alt, soll in der Justizvollzugsanstalt Luckau-Duben, Landkreis Dahme-Spreewald, unterkommen. Der für mehr als 50 Millionen Euro erbaute und 2005 eröffnete Komplex gilt als das modernste und sicherste Gefängnis Brandenburgs, in dem rund 330 männliche und weibliche Straftäter untergebracht werden können. Die Haftanstalt erhält vom OLG eine Frist von vier Monaten, um die notwendigen Vorkehrungen für den Einzug Schmökels zu treffen. Unter anderem müssen Umbauten vorgenommen und das Wachpersonal speziell geschult und verstärkt werden – nicht nur wegen der dauerhaften hohen Gefahr, die von dem Triebtäter ausgeht. Auch Schmökel selbst könnte zum Opfer der Gefangenenhierarchie werden, in der Vergewaltiger, insbesondere von Kindern, ganz unten stehen.

Ende März 2017 wird Schmökel von der Klinik in Brandenburg/Havel nach Luckau-Duben gebracht. Er bezieht einen eigenen, besonders gesicherten Bereich in der Haftanstalt, wo von nun an seine reguläre lebenslange Freiheitsstrafe vollstreckt wird. Danach erwartet ihn Sicherungsverwahrung.

4. Dr. Postel und die Psychiatrie

Ein Hochstapler narrt in Sachsen Medizin und Minister

Immer wenn Gert Postel Hilfe braucht, erweckt er Gert von Berg zum Leben. Gert von Berg kann scheinbar Unmögliches vollbringen.

Auch im Sommer 1995 greift Prof. Dr. von Berg, Chefarzt der Psychiatrischen Universitätsklinik Münster, zum Hörer und lässt sich mit seinem Kollegen Dr. Horst K., dem Chef der Psychiatrie des Krankenhauses Zschadraß, verbinden. Der Universitätsprofessor bezieht sich in dem Gespräch auf eine Anzeige im *Deutschen Ärzteblatt*, mit der das sächsische Sozialministerium einen Oberarzt für die psychiatrische Abteilung in Zschadraß sucht. Er habe in seiner Klinik »einen ausnehmend tüchtigen Funktionsoberarzt«, der leider wegen Stelleneinsparungen nicht zu halten sei, sagt Dr. von Berg. Ob es denn Sinn mache, dass sich dieser Dr. Postel auf die ausgeschriebene Stelle bewirbt?

Nach wenigen Minuten ist klar, wie sehr sich Zschadraß über den Bewerber freuen würde. Der junge Kollege, teilt von Berg noch mit, befinde sich gerade auf einer Fahrradtour durch Bayern.

So schildert Gert Postel, 1958 in Bremen geboren, im Nachhinein die Situation, mit der die wohl spektakulärste Hochstapler-Geschichte Ostdeutschlands beginnt. »Das Telefon ist, aus der Sicht des Rechtsstaats betrachtet, ein wahres Teufelszeug«, sinniert er. Denn der Chef aus Zschadraß, dem Postel später das nachvollziehbare Pseudonym Dr. Gutfreund verpasst, schöpft keinerlei Verdacht angesichts der fernmündlichen Empfehlung des Universitätsprofessors aus Münster, einem Produkt aus dem Fantasiebaukasten Postels. Das Gespräch führt er von seinem Zimmer im Studentenwohnheim aus. Er weiß, dass in Sachsen »Führungspositionen vorzugsweise mit bayerischen Importen besetzt wurden«, die kaum die Verhältnisse im westfälischen Münster kennen dürften. Dr. K. alias Dr. Gutfreund, seit 1994 im Krankenhaus angestellt, spricht fränkischen Akzent.

Einige Stunden nach dem Anruf seines Chefs in Zschadraß meldet sich der hochgelobte Dr. Postel leicht keuchend von seiner angeblichen Fahrradtour in der sächsischen Klinik. Mit Dr. Gutfreund kommt er schnell überein, sich Zschadraß einmal anzusehen, selbstverständlich auf eigene Kosten. Das macht Eindruck.

Mit Computer und Kopierer bastelt sich Postel Zeugnisse und Lebenslauf, die ihn zum begabten Facharzt für Psychiatrie und Neurologie machen. Im Arbeitszeugnis bescheinigt »Univ.-Prof. Dr. med. J. v. Berg« – den falschen Vornamen bemerkt niemand –, dass es sich bei Dr. Postel um einen »außergewöhnlich gewissenhaften und fachlich wie menschlich gebildeten Arzt« handelt, »der sich in seiner Arbeit durch ein hohes Maß an Engagement, Kenntnissen, Geschick und Einfallsreichtum hervorgetan« habe. Auch beim Besorgen der amtlichen Stempel hilft Dr. von Berg, diesmal als Oberstaatsanwalt, der die »Materialverwaltung beim Bundeszentralregister« neu organisieren soll. Die Stempelfirma in Berlin hat keine Fragen und fertigt Probestempel in der Hoffnung auf Folgeaufträge binnen 24 Stunden gratis an. Ein Bote mit dem Name Postel holt sie ab.

Er mietet sich zum Wochenendtarif von 99 Mark einen Mercedes und fährt zu Dr. Gutfreund nach Zschadraß, damals ein Ortsteil der Großgemeinde Colditz bei Leipzig. In dem »wirklich sehr angenehmen Gespräch«, so erzählt Postel, entdecken die Männer »immer mehr Übereinstimmungen« in ihren Ansichten. Dr. Gutfreund, der die Wochenenden zu Hause in Franken verbringt, berichtet ihm

»von der Einsamkeit des ›Westarztes‹ im Beitrittsgebiet, das er als ›Vietnam‹ bezeichnete, wo man ›ständig auf Minen trete‹«. Postel überreicht seine Unterlagen und erhält bald darauf vom Sozialministerium in Dresden eine Einladung zu einem Vorstellungsgespräch im September 1995.

Postel ist ein großgewachsener, schlaksiger Mann, der seine jungenhafte Erscheinung einzusetzen vermag. Und der Auftritt in der sächsischen Landeshauptstadt gelingt. Glaubt man Postel, beeindruckt er die ministeriale Runde mit Sätzen wie: »Es ist natürlich auch klar, dass ich als Westarzt von den Ostkollegen eine ganze Menge zu lernen habe. Und die Ostärzte umgekehrt von mir.« Dass er es für ungerecht halte, wenn einige Ärzte in Sachsen nach Westtarif bezahlt werden, überzeugt die Herren wahrscheinlich vollends. Auch Dr. Postel gibt sich, was sonst, mit dem Osttarif zufrieden. Für ihn sind das nach eigenen Angaben immerhin 10.013,98 Mark brutto monatlich. Der Fürsprache von Dr. Gutfreund bedarf es da kaum noch. Die Anfrage des Ministeriums bei der Gauck-Behörde über eine etwaige Stasi-Vergangenheit fällt negativ aus. Weitere Recherchen braucht der designierte Kandidat nicht zu fürchten, wie Dr. von Berg, diesmal als Leipziger Verwaltungsrichter, bei einem Telefonat von einem Personalsachbearbeiter im Ministerium erfährt.

Am 15. November 1995 tritt der neue Oberarzt, der angeblich 39 Mitbewerber hinter sich ließ, seine Stelle an. Zschadraß, tief in der Provinz gelegen, ist nicht unbedingt die Herausforderung für einen aufstrebenden Arzt. Für Postel jedoch ist das sein Beitrag zum Aufbau Ost, wie er später ironisch anmerkt. Er bezieht ein Zimmer in der Klinik. Die Aufgaben erklärt ihm Dr. Gutfreund.

Dr. Postel gewöhnt sich schnell ein. Er kennt den Klinikalltag, seit er 1993/94 in der Berliner Charité wegen Depressionen behandelt wurde. Den täglichen Arbeitsablauf genießt er nach eigenem Bekunden. Er habe früh seinen Oberarztkittel übergeworfen, »schlenderte durch einige

Abteilungen, beobachtete die hastig aufgenommenen Aktivitäten des Pflegepersonals, wurde gegrüßt, grüßte leutselig zurück«, beschreibt er später sein Morgenritual. Am Klinikkiosk holt er sich die für ihn zurückgelegte FAZ. Pünktlich zur Oberarztvisite ist er einsatzbereit.

Die organisatorischen Aufgaben liegen ihm. Und mit Geschick und Dreistigkeit kann er auch vermeiden, eigene medizinische Entscheidungen treffen zu müssen. Er fragt, wenn er um ein Urteil gebeten wird, untergebene Ärzte, wie sie den Patienten behandeln würden. Gönnerhaft bestätigt er dann deren Vorschlag. Soweit bekannt, untersucht er nie einen Patienten, gibt nie eine Spritze, auch wenn sich Krankenschwestern darüber wundern.

Dabei ist die vermeintliche Kapazität, die er dank seines Amtes innehat, durchaus gefragt. Bei 25 Gerichtsprozessen in Chemnitz, Leipzig und Dresden tritt Gert Postel als psychiatrischer Gutachter auf. Wenn Richter sich über eine ungewöhnlich kurze Expertise wundern, soll er sie – so ist es überliefert – schon mal zurechtgewiesen haben: »Sind Sie der Doktor oder ich?« Rund 44.000 Mark kassiert er für seine Befunde. »Wer die Dialektik beherrscht und die psychiatrische Sprache, der kann grenzenlos jeden Schwachsinn formulieren und ihn in das Gewand des Akademischen stecken«, behauptet er.

Ostern 1996 verhindert der immer einsatzbereite Dr. Postel einen Massenausbruch von verurteilten Straftätern aus dem Maßregelvollzug von Zschadraß. Aber nicht nur wegen dieser Leistung trägt ihm das Sozialministerium in Dresden nur Tage später an, sich für die Stelle des Chefarztes für forensische Psychiatrie am Landeskrankenhaus Arnsdorf, verbunden mit einer C4-Professur, zu bewerben. Er überlegt nur kurz. Nicht allein aus Dankbarkeit entschließt er sich zugleich, der CDU beizutreten: »Wer in Sachsen etwas werden wollte, ging zu den Christdemokraten.« Nach einem Gespräch mit Postel unterzeichnet Gesundheitsminister

Hans Geisler die Kabinettsvorlage zur Ernennung des neuen Chefarztes, der die Landesregierung von Kurt Biedenkopf am 3. Juli 1996 zustimmt. Doch Postel gerät in Streit mit dem ärztlichen Direktor in Arnsdorf und verzichtet auf den Karrieresprung.

Der falsche Doktor fliegt ein Jahr später durch einen Zufall auf. Eine neue Klinik-Mitarbeiterin berichtet zu Hause in Flensburg von dem netten Oberarzt. Die Verwandtschaft erinnert sich an den Namen Postel und schöpft Verdacht. Dr. Gutfreund wird informiert, er beurlaubt den Ertappten am 10. Juli ohne nähere Begründung. Weitere Schritte sollen erst am nächsten Tag besprochen werden, weil Postels Personalakte noch im Dresdener Sozialministerium liegt, das vom Klinikchef informiert wird. Am späten Abend bekommt die Staatsanwaltschaft in Leipzig die Dokumente zugestellt und beantragt Haftbefehl. Eine Staatsanwältin, mit der er eine Affäre gehabt haben soll, warnt ihn. Aber da will Postel schon nicht mehr in Zschadraß gewesen sein.

Als die Kriminalbeamten ihn in der Nacht zum 11. Juli 1997, gegen 2.30 Uhr, in seinem Zimmer stehen, ist der Gesuchte jedenfalls nicht mehr aufzufinden. Er behauptet, er habe weniger die Polizei denn die Häme seiner Kollegen und Untergebenen gefürchtet. Von seinem Konto räumt er das Geld ab; von etwa 90.000 Mark ist die Rede.

Das Gesundheitsministerium teilt am nächsten Morgen mit, dass Gert Postel »als Hochstapler entdeckt wurde«. Er habe sich »eine komplette, lückenlose Legende« geschaffen. »Die verschiedenen Stationen seines Berufsweges einschließlich der ärztlichen Zeugnisse hat er durch Vorlage gefälschter Zeugnisse belegt«, heißt es in dem peinlichen Eingeständnis. Denn seinen Namen zumindest hatte er diesmal nicht verändert. Warum in Sachsen aber niemand bei dem Namen Postel stutzte, ist unklar.

Gert Postel. Dichtung und Wahrheit sind bei ihm nicht immer zu unterscheiden. Seit 1977 schon führt er Justiz und

Ärzteschaft vor und beweist, wie Titel – gegebenenfalls mit Fälschungen untermauert – das Leben erleichtern. Seinen Namen kennt Mitte der neunziger Jahre nicht nur die Fachwelt; seine Geschichte klingt so unglaublich wie die Zeit in Zschadraß.

Der Postzusteller aus Bremen kündigt anderthalb Jahre nach Abschluss seiner Lehre, die er im Februar 1976 mit »gut« abschloss, den Job. Mit einem falschen Abiturzeugnis erhält er eine Stelle als Rechtspfleger-Anwärter. Als er nach vier Monaten auffliegt, wechselt er das Metier. Er besucht an der Universität Bremen Psychologie-Vorlesungen, liest Fachbücher und macht sich mit dem Fachjargon vertraut.

In der Clemens-August-Klinik von Neuenkirchen bei Oldenburg, einem Fachkrankenhaus für Psychotherapie, findet er seine erste Anstellung als Arzt. Vorgestellt hat er sich als Universitätsabsolvent und mit gefälschter Approbationsurkunde. In den drei Monaten dort lernt er, sich souverän im weißen Kittel zu bewegen. Der Betrug fliegt ebenso auf wie sein nächster kurzer Job als leitender Arzt beim Berufsbildungswerk des Reichsbundes in Bremen, dem heutigen Sozialverband Deutschland (SoVD). Eine Richterin traut ihren Augen nicht, als sie den gefeuerten Rechtspfleger-Anwärter als Mediziner erkennt. Postel kommt mit einer Geldstrafe davon.

Bald darauf liest er in einem Ärzteblatt das Stellengesuch für einen Amtsarzt in Flensburg. Es ist die Gelegenheit, groß einzusteigen. Der 24-Jährige bewirbt sich als Dr. Dr. Clemens Bartholdy mit gefälschten Unterlagen und einem Lebenslauf, der ihn als Spross eines Medizinalrats und einer Medizinaldirektorin ausweist. Im September 1982 beginnt der Doppeldoktor seine Tätigkeit als stellvertretender Amtsarzt. Mehr als ein halbes Jahr bleibt er dort, hält in dieser Zeit auch Fachvorträge, schreibt Gutachten und reformiert – wie später berichtet wird – die Einweisungspraxis in psychiatrische Kliniken. Um 86 Prozent sei unter seiner

Leitung und Aufsicht die Zahl der Zwangseinweisungen gesunken, recherchiert der »Spiegel« und schreibt: »Legte jemand Beschwerde gegen seine Entscheidung ein, wurde sein Befund vom Landgericht bestätigt.«

Im April 1983 wechselt Dr. Dr. Bartholdy an die psychiatrische Klinik der Universität Kiel. Ein Missgeschick beendet aber vorerst die Karriere des falschen Arztes. Er verliert vor einem Polizeirevier seine Brieftasche, in der zwei Ausweise mit gleichen Passbildern stecken: Ein Dokument weist ihn als Gert Postel aus, das andere als Clemens Bartholdy. Die Köpenickiade bringt Postel zum ersten Mal bundesweit in die Schlagzeilen. Im Dezember 1984 verurteilt ein Gericht den Briefträger zu einer Bewährungsstrafe von einem Jahr. Ein mildes Urteil. »Sie haben Schwächen aufgedeckt und gezeigt, wie sich einer die Eitelkeiten anderer zunutze machen kann«, sagt der Richter zur Begründung.

Ein Jahr später bringt Postel das Buch *Die Abenteuer des Dr. Dr. Bartholdy* auf den Markt. Ob Postel auch der Verfasser ist, bleibt unklar. Sein langjähriger Freund Reiner Pfeiffer soll zumindest geholfen haben. Pfeiffer ist jener Journalist, der als Medienreferent der Landesregierung von Schleswig-Holstein maßgeblich in die Barschel-Affäre verwickelt war. Vor dem Hintergrund einer möglichen Wahlniederlage der seit 1950 ununterbrochen regierenden CDU erstattete er im Landtagswahlkampf 1987 unter anderem eine anonyme Anzeige gegen den SPD-Spitzenkandidaten Björn Engholm wegen angeblicher Steuerhinterziehung.

Postel, der Mann mit der beeindruckenden Vita, bleibt nach seiner Flucht aus Zschadraß fast ein Jahr verschwunden, obwohl Zielfahnder aus Sachsen bundesweit nach ihm suchen und ein internationaler Haftbefehl vorliegt. Immer wieder helfen ihm Frauen, auch Justizbeamtinnen.

Zunächst kommt er, wie später bekannt wird, in Berlin unter. Er narrt die Polizei. Als zwei Beamte vor der Wohnungstür eines Gert von Berg stehen, sehen sie einen Zettel unter der Fußmatte hervorlugen, den Postel dort vorsorglich platziert hat. »Lieber Peter, ich bin heute nach Bremen gefahren und am 14. Dezember zurück. Du kannst mich dort (bei Susanne) telefonisch erreichen. Gruß Gert«, hat er darauf notiert. Die Beamten machen sich nicht einmal die Mühe zu klingeln. Postel beobachtet die Szene durch den Türspion.

Am 26. November 1997 – Postel wird noch immer gesucht – erscheint im Lokalteil der *Frankfurter Rundschau* eine Personalie: »Gert Postel (39), bisher Oberarzt der psychiatrischen Abteilung im sächsischen Krankenhaus Zschadraß, hat einen Ruf auf eine C4-Professur für Psychiatrie an der Universität Frankfurt angenommen.« Die Meldung hat er als »Vorsitzender der Berufungskommission« telefonisch selbst durchgegeben.

Über mehrere Stationen gelangt Postel nach Stuttgart, wo die sächsischen Zielfahnder im Januar 1998 auf seine Spur stoßen. Eine Richterin am Esslinger Amtsgericht versteckt ihn für mehrere Monate in ihrer Wohnung. Bei einer Befragung über den Verbleib Postels gibt sie nur belanglose Hinweise. Gegen sie wird später ein Strafbefehl über 7.200 Mark erlassen.

Die Flucht Postels endet am 12. Mai 1998 wenig spektakulär nach fast einem Jahr in einer Telefonzelle am Stuttgarter Hauptbahnhof. Dort nehmen ihn die Fahnder fest.

Im Juli 1998 entscheidet das Leipziger Arbeitsgericht, dass Postel sein zu Unrecht erhaltenes Bruttogehalt von 203.260,25 Mark nebst Zinsen zurückzahlen muss. Eine Boulevardzeitung meldet noch vor Prozessbeginn, dass Postel angeblich mit dem Hollywood-Regisseur Milos Forman über die Verfilmung seines Lebens verhandelt. Formans wohl bekanntester Film *Einer flog über das Kuckucksnest* spielt in einer Nervenklinik.

Vor dem Leipziger Landgericht beginnt am 20. Januar 1999 der Prozess gegen Postel. Zu seinen Anwälten gehört

Nicolas Becker, der schon Erich Honecker verteidigte. Die sächsische Justiz ist um Schadensbegrenzung bemüht. Dem Gericht genügen neben Gutachtern zwei Zeugen, Dr. Gutfreund und ein Ministerialbeamter. Ursprünglich sollten 37 Zeugen aussagen. Nach nur drei Tagen verurteilen die Richter den geständigen Angeklagten zu vier Jahren Haft. Postel verzichtet auf eine Revision. Nach Verbüßung von zwei Dritteln der Strafe in der JVA Heilbronn kommt er im Januar 2001 wieder frei.

Im September des gleichen Jahres veröffentlicht Postel seine Memoiren *Doktorspiele*. Im Vorwort analysiert der Psychiater Gert von Berg das Widersprüchliche in Postels Welt. Anders ausgedrückt: Postel schreibt über Postel. Die Zeitungen rezensieren das Buch meist mit großem Wohlwollen. Das Buch rückt in die *Spiegel*-Bestsellerliste.

Schnell schafft es Postel immer wieder in die Öffentlichkeit. Am 16. Oktober 2001 nimmt sich eine ZDF-Reportage des Hochstaplers an. Die ARD zeigt im Juni 2002 zu nächtlicher Stunde ein Doku-Drama über Gert Postel. »Der Unwiderstehliche« nennen die Filmemacher ihr Stück über den »Anti-Helden«, wie die *Berliner Zeitung* ihn nennt: Ein »Menschenfänger, ein großer verspielter Junge mit unbändigem Willen zur erschwindelten Macht, ein eifriger Blender mit hohem Unterhaltungswert«. Mit Schlagzeilen wie »Tausendundeine Lüge« *(Süddeutsche Zeitung)* und »Wie Münchhausen« *(Mitteldeutsche Zeitung)* bewerben Zeitungen den Streifen.

Im Sommer 2005, vier Jahre nach seiner Haftentlassung, beantragt Postel nach Angaben der *Leipziger Volkszeitung* bei der Gemeindeverwaltung Zschadraß, ihn zum Ehrenbürger zu ernennen. Zumindest der Begründung lässt sich nur schwer widersprechen: »Wer kannte schon Zschadraß, bevor Gert Postel es europaweit bekannt gemacht hat?« Er habe den Ort »aus der Anonymität eines Provinzdörfleins in die Literatur katapultiert«.

In den letzten Jahren ist es ruhiger um Postel geworden. Er heiratet eine Juristin und zieht nach Tübingen. Gelegentlich tritt er – ordentlich honoriert – bei Lesungen auf oder gibt Experten-Interviews, wenn irgendwo Hochstapler auffliegen. Auch von der Polizeiakademie Hessen wird er eingeladen. Vor Führungskräften liest er im Dezember 2010 aus seinen Memoiren. Im Seminar zum Thema »Vernehmung Schwerkriminalität« erklärt er den Kripobeamten, wie sich Gesprächspartner mit Psychotricks manipulieren lassen.

Eine besondere Ehrung wird Postel am 31. Mai 2012 durch den Vorsitzenden Richter des 1. Strafsenats am Bundesgerichtshof, Armin Nack, zuteil. In einem Vortrag vor der juristischen Fakultät in Passau erzählt der Jurist von einem seiner eigenen Fälle, in dem Postel als Obergutachter auftrat: »Und ich sage Ihnen eines, der Postel war der beste Gutachter. Besser als die beiden gelernten Psychiater.«

5. Der Maskenmann

Zwei Millionärsfamilien werden Opfer eigenartiger Überfälle

Petra P. ahnt nichts Böses, als sie am Abend des 22. August 2011 noch einmal die Hunde ins Freie lässt. Die 58-jährige Unternehmergattin macht das immer so, auch an diesem Montag. Nach einem langen Telefonat mit einer Freundin öffnet sie gegen 22.10 Uhr die Tür. Doch diesmal stürmen die drei Hunde, die schon im Haus sehr aufgeregt waren, wild bellend nach draußen. Auch Petra P. will sehen, was los ist, und folgt den Tieren, einem belgischen Schäferhund, einem Jack Russell Terrier und einem Dackel. Als sie ein Geräusch hört, wird es ihr mulmig. Sie geht zum Haus zurück, dreht sich noch einmal um. Da sieht sie die Gestalt aus einem Gebüsch kommen. »Er lief wie ein Boxer, kam mir tänzelnd entgegen«, beschreibt sie die unheimliche Situation, die am Anfang einer der rätselhaftesten Serien von Gewaltverbrechen in Ostdeutschland steht.

Das Ziel des ersten Überfalls ist bis heute nicht klar. Die blonde, zierliche Frau lebt getrennt von ihrem Ehemann Christian P., der eine der bekanntesten Berliner Immobilien-Dynastien führt. Ihm gehört unter anderem mehrheitlich das Europa-Center in der Nähe des Berliner Kurfürstendamms, auch in Bad Saarow besitzt er Immobilien. Während der Attacke weilt er in den USA, reist aber, als er vom Überfall erfährt, sofort zurück. Seine Ehefrau wohnt allein in dem geräumigen und gepflegten Anwesen am Scharmützelsee; ein Hausmeisterehepaar hat ein Nebengebäude bezogen. An den Wochenenden kommt gewöhnlich Louisa, die 23-jährige Tochter, und kümmert sich um die Pferde. Die kaufmännische Angestellte arbeitet in Berlin.

Der Mann, der sich an jenem Sommerabend im August auf so komische Art und in kurzen Sprüngen Petra P. nähert, trägt eine dunkle, sehr feingewebte Sturmhaube mit weißen Nähten um die Öffnungen für Augen und Mund. Als »Maskenmann« wird er künftig Polizei, Justiz und die Öffentlichkeit beschäftigen. Im Licht des Küchenfensters kann die Frau den sportlichen, gut durchtrainierten Angreifer deutlich erkennen. »Als er mich ansprang, so wie er mich anschaute, war mir klar, der bringt mich um«, sagt sie.

Sie erinnert sich an die »ganz, ganz hellen, bösartigen Augen«, in denen sie »so viel Hass« zu erkennen glaubt, und an den rotblonden Dreitagebart. Auch Sommersprossen will sie in dem weitgehend verhüllten Gesicht erkannt haben. In der Hand hält der Mann einen »dunkelgrünen, harten Stock«, vielleicht ein Hartgummi-Knüppel, mit dem er mindestens zehnmal auf sie einschlägt, es ist ein »regelrechtes Stakkato«. Sie schreit und wehrt sich heftig, versucht die Schläge abzuwehren, während die Hunde den Fremden ankläffen. »Halt die Schnauze«, befiehlt der Mann, es ist aber nicht sicher, ob er sein Opfer oder die Tiere meint.

Einen Augenblick später stolpert Petra P. und fällt rückwärts in einen Rhododendronstrauch. Der Täter drückt ihr seine Hände, die in Lederhandschuhen stecken, ins Gesicht. Sie reißt sich los und läuft Richtung Haustür, die Hunde stehen nun schützend vor ihr und lassen den Angreifer schließlich aufgeben. Drei oder vier Minuten nur dauert der Überfall, schätzt sie. Den Geruch der Lederhandschuhe kann sie nicht vergessen. Die Fahndung der Polizei, die bei der Tätersuche auch einen Hubschrauber mit Wärmebildkamera zum Einsatz bringt, bleibt erfolglos.

Zwei Wochen liegt die Frau auf der Intensivstation des Krankenhauses mit gebrochener Nase und anderen, zum

Teil schweren Verletzungen an Kopf, Oberkörper und Händen. »Die Ärzte haben mir gratuliert, dass ich überlebt habe«, sagt sie. Die Familie setzt 10.000 Euro Belohnung für Hinweise aus, die zur Ergreifung des Täters führen. Doch außer in der Region erfährt die Öffentlichkeit kaum etwas von dem Überfall.

Die Polizei, die über das Motiv der merkwürdigen Tat nur rätseln kann, beginnt in alle Richtungen zu ermitteln. Ein Beamter, mit dem die Frau am nächsten Morgen spricht, ist sich sicher: »Der kommt wieder.« Besondere Sicherheitsmaßnahmen veranlasst die Polizei aber nicht. Doch Louisas älterer Bruder beauftragt einen privaten Wachschutz aus der Region, die Familie und das herrschaftliche Objekt in Bad Saarow zu beschützen. Rund um die Uhr sind nun zwei Security-Mitarbeiter vor Ort. Waffen gehören nicht zur Ausrüstung.

Wie nötig die Vorsichtsmaßnahme war, zeigt sich wenige Wochen später. Seit dem Überfall auf ihre Mutter wohnt Tochter Louisa wieder dauerhaft in Bad Saarow. Thorsten H., ein Bodyguard, begleitet die junge, hübsche Frau am frühen Morgen des 2. Oktober 2011 auf dem Weg über die Straße zur nahe gelegenen Koppel, wo drei Pferde zu versorgen sind. Das 31-jährige Schwergewicht mit Glatze, breitem Kreuz und Tätowierungen an Hals und Armen arbeitet seit zwölf Jahren in der Security-Branche. Die 12-Stunden-Schicht bei Familie P. neigt sich dem Ende zu. Louisa fällt auf, dass die Tiere unruhig sind. Auf dem Rückweg reden die beiden über das Wetter. Es ist zwar kalt, dieser Sonntag verspricht aber sonnig zu werden.

Irgendetwas lässt sie stutzen. Fast zeitgleich drehen sich beide um und sehen den Angreifer auf einer kleinen Anhöhe stehen, nur sieben oder acht Meter entfernt. Er trägt eine ausgewaschene Tarnuniform der Bundeswehr, Louisa fällt im Morgenlicht – es ist 20 nach sieben – außer den schwarzen Schnürstiefeln noch die einem Stahlhelm ähnelnde

Kopfbedeckung auf, über die eine Art Gaze gezogen ist. Ihr Leibwächter erinnert sich an dunkle Lederhandschuhe. Der Mann zielt mit einer Pistole auf sie. »Stehen bleiben, sonst verpasse ich euch einen Kopfschuss«, schreit er nach Thorstens Erinnerung. »Er forderte uns auf, dass wir still sein sollen, und sagte dann: Leg dich hin, Mädel«, erzählt der Leibwächter, der versucht, den Täter zu beruhigen, und einige Schritte auf ihn zugeht. Thorsten H. dreht sich zu Louisa um, die zutiefst erschrocken am Boden hockt. Er ruft ihr zu, sofort loszulaufen. Und Louisa rennt, schreiend vor Angst. »Ich habe gedacht, ich werde augenblicklich hingerichtet.«

Einen Augenblick später hört sie den ersten Schuss. Beim Weglaufen sieht sie aus den Augenwinkeln noch, wie ihr Begleiter zusammensackt. Sie hört den zweiten Schuss, von dem sie eine starke Druckwelle am rechten Oberarm verspürt. Den dritten Schuss registriert sie, weil die Kugel vor ihr Sand am Boden aufspritzen lässt. Doch sie bleibt körperlich unverletzt und läuft in Todesangst weiter.

Ihr Leibwächter, der mit der Eskalation nicht rechnet, hat weniger Glück. Der gezielte Schuss trifft ihn aus wenigen Metern Entfernung links hinten neben der Schulter, das Geschoss streift weiter rechts die Wirbelsäule, durchschlägt die Lunge und die Leber. Eine Notoperation rettet ihm zwar das Leben, doch die Zeit danach ist bitter. »Wenn wir uns noch mal auf Augenhöhe begegnen, wäre es ein Wunder«, sagt ein Neurologe im Krankenhaus zu ihm. Ab dem 12. Brustwirbel ist er querschnittsgelähmt. »Die feige Sau schoss mir gezielt in den Rücken«, beschreibt Thorsten H. das Geschehen. »Er hätte mir auch auf die Beine schießen können, um mich außer Gefecht zu setzen.« An den Rollstuhl gefesselt arbeitet er nach langer medizinischer Behandlung nun stundenweise in einer Behörde.

In seiner Täterbeschreibung macht Thorsten H. auf eine Besonderheit aufmerksam: »Das war definitiv nicht jemand, der noch nie geschossen hat.« Mit beiden Händen habe er die Waffe gehalten und unter dem Tarnzeug eine Schutzweste getragen. »Der Mann wusste genau, was er wollte.« Die Bestimmtheit, der aggressive Ton ist auch Louisa aufgefallen. Den sportlich wirkenden Angreifer haben Louisa und Thorsten aber in manchen Einzelheiten auch unterschiedlich in Erinnerung. Während Louisa sicher ist, eine Brille – »feines Gestell, runde Gläser« – erkannt zu haben, fällt Thorsten dieses Detail nicht auf.

Nach dem zweiten Überfall übernimmt die Polizei den Schutz der millionenschweren Unternehmerfamilie. Die betont immer wieder, dass sie ein Motiv nicht erkennen kann, und erhöht die Belohnung für Hinweise auf den Täter auf 50.000 Euro. Mit Maschinenpistolen bewaffnete Beamte riegeln die Villa in Bad Saarow, den Berliner Firmensitz am Ernst-Reuter-Platz und das Wohnhaus der Familie in Dahlem hermetisch ab. Vor dem Krankenzimmer des schwerverletzten Wachmanns sind zwei Polizisten postiert. Die Medien berichten diesmal ausführlich über den Fall und veröffentlichen Phantombilder, die nicht viel mehr als eine Schaufensterpuppe in Tarnuniform zeigen. Nach und nach werden die Sicherheitsmaßnahmen wieder gelockert.

Doch die Mordkommission in Frankfurt (Oder), die eine Sonderkommission »Imker« an die Aufklärung der beiden Fälle gesetzt hat, kommt bei der Tätersuche kaum voran – bis fast genau ein Jahr später der vermutlich selbe Maskenmann zum dritten Mal zuschlägt. Diesmal ist eine andere Millionärsfamilie das Ziel.

Der Berliner Geschäftsmann Stefan T. ist am Nachmittag des 5. Oktober 2012, einem Freitag, mit seiner Frau und dem gerade elf Jahre alt gewordenen Sohn Ricardo in ihr Feriendomizil nach Storkow gefahren, keine zehn Kilometer von Bad Saarow entfernt. Die Ferien haben begonnen, und in dem ansehnlichen Bau, der auf einem gepflegten Grundstück am Großen Storkower See steht, will die Familie das Wochenende verbringen.

Stefan T. ist Vorstandsmitglied einer von ihm 1999 gegründeten Kapitalbeteiligungsgesellschaft, in der Sozialgelder und Pensionsgelder, auch aus dem Ausland, angelegt sind. »Wir werben Geld ein, kaufen Unternehmen, entwickeln sie und verkaufen sie«, beschreibt er das Geschäftsmodell. »Wir machen aus guten Unternehmen bessere.« Wohl um nicht in den Verdacht einer Heuschrecke zu geraten, fügt er hinzu: »Geld ziehen wir nicht raus.« Nach seinen Angaben beginnt 2008 der wirtschaftliche Erfolg der Firma, der auch sein persönlicher wird. »Ich bin einfach ein glücklicher Mensch«, sagt er von sich und klingt stolz dabei. An jenem Freitag kann er einen wichtigen Erfolg verbuchen, auf den er lange hingearbeitet hat. Es geht um einen »kleinen einstelligen Millionenbetrag«, für den seine Partner endlich ein Eckpapier unterzeichnet haben.

In Storkow hat sich der 51-Jährige nach dem gemeinsamen Abendessen in die Kaminecke zurückgezogen. Er liest Zeitung, schaut eine DVD, *Indiana Jones*, und trinkt Rotwein. Gegen 21.30 Uhr lässt seine Frau Sabine den großen Hund auf der Seeseite der Villa in den Garten, die Terrassentür bleibt angelehnt. Auch Ricardo ist noch auf. Einen Augenblick später stürmt der Unbekannte in das Haus, steht plötzlich in der Tür des Wohnzimmers. Stefan T. erinnert sich an eine komplett dunkle Gestalt und das imkerartige Netz, das von einer Mütze oder einem altmodischen Motorradhelm auf die Schulter fällt. Die Pistole in der Hand des Eindringlings bemerkt er nicht sofort.

»Was willst du?«, schreit Stefan T. ihn an. Die Antwort ist kurz: »Es geht um Geld.« Der Hausherr greift zur halbvollen Weinflasche und schleudert sie dem Mann entgegen. Die 1,5-Liter-Flasche verfehlt ihr Ziel, fliegt durch die Tür über den Flur ins Esszimmer und zerspringt dort an der Wand. In dem Moment, als der Eindringling einen Schuss in die Decke abfeuert, ist für Stefan T. klar, dass jede Gegenwehr sinnlos wäre. Das Projektil, so finden die Experten des Landeskriminalamtes heraus, stammt höchstwahrscheinlich aus derselben Waffe, einer Česká 75 oder einem Folgemodell, die auch beim Überfall auf die Unternehmertochter Louisa P. zum Einsatz kam. Die Waffe ist weit verbreitet.

»Zielorientiert, souverän«, so formuliert es der Manager später, habe der Angreifer ihnen Befehle erteilt: Sofort auf den Boden, Kopf nach unten. Die Ehefrau soll noch den Hund reinholen. Sie wird aufgefordert, ihren Mann mit dem braunen Paketband zu fesseln, das der Täter auf eine Sofaecke gelegt hat. Doch die zu Tode erschrockene Sabine T. ist dazu nicht imstande. Das Kind traut es sich zu und steckt dem Vater, der sich noch einen blauen Kaschmirpullover über das Polohemd streifen darf, auch die Brille in die Hosentasche, nachdem seine Mutter die Augen ihres Mannes mit dem Band verkleben musste. »Papa war ganz ruhig«, erzählt der Junge später. Mit den Worten, »Keine Polizei, sonst schieß ich deinen Mann zum Krüppel und hole mir den Sohn!«, verabschiedet sich der Kidnapper und führt sein Opfer über das rechte Nachbargrundstück auf den schmalen Uferweg und 30 Meter weiter nach links zu einem kleinen Bootssteg. Von dort führt eine Schneise durch den Schilfgürtel auf den See.

Von nun an kennt die Polizei nur die Aussage von Stefan T. Was er schildert, klingt wie aus einem Abenteuerfilm. Die Geschichte des Horrortrips wirft viele Fragen auf.

Der Entführer lässt ihn bis zu den Hüften in das 13 oder 14 Grad kalte Wasser steigen und verschwindet einen Augenblick. Den Gedanken zu fliehen, verwirft T. Während der Wartezeit gelingt es ihm aber, sein Schlüsselbund aus der Hosentasche ins Wasser gleiten zu lassen, damit es nicht dem Entführer in die Hände fällt. Die Polizei wird es später dort finden. Der Maskenmann kommt mit einem Boot zurück. Er nimmt seinem Opfer die Armfessel ab und legt eine Schlinge um die Brust von Stefan T., der sich an ein Ende des Kunststoff-Kanus klammern soll. Weil er keine

Paddelgeräusche hört, schlussfolgert der Entführte: »Ganz sauberer Paddelstil.«

Nach 15 oder 20 Minuten, berichtet Stefan T., stoppt der Entführer an einer schilfreichen Stelle. Der Untergrund ist fest. Stefan T. hört ihn hantieren, vernimmt, wie er eine Luftmatratze mit 20 bis 25 Atemstößen aufpustet, ohne in Atemnot zu geraten. Der Täter durchsucht seine Geisel, die sich mit der nassen Kleidung auf die Luftmatratze legen muss, gründlich. Fragt explizit, ob er ein Ortungsgerät im Hintern versteckt hat. Nach der Prozedur soll der 51-Jährige das Seil festhalten, das um seinen Körper führt und an dem er nun auf der Matratze über das Wasser gezogen wird. Zunächst glaubt T., dass der Täter auch das Boot gewechselt hat. Später ist er sich nicht mehr sicher.

Dreißig Minuten, so schätzt der Entführte, habe die ruckelige Fahrt über den See gedauert. »Wenn das hier schiefgeht, bekomme ich lebenslänglich«, soll der Geiselnehmer unterwegs gesagt haben. Dann erreichen sie ein Ufer. Es ist wohl nicht genau die Stelle, die der Täter, der vermutlich GPS nutzt, vorher ausgewählt hat.

Stefan T., dessen Augen noch immer verklebt sind, muss sich auf Strümpfen durch das unwirtliche, nur schwer zu begehende Gebiet tasten. In der Vernehmung durch die Polizei spricht er von einem »mangrovenartigen Sumpf«. Die Sichtweite, so schätzt er, habe bei abnehmenden Mond und lockerer Bewölkung acht bis zehn Meter betragen. Wo es langgeht, gibt der Täter vor, der in kurzem Abstand folgt. Links, rechts, Stopp und zurück, lauten die Kommandos. Manchmal stolpert Stefan T. in ein Wasserloch.

Das Ziel, zwei nebeneinander liegende Mini-Inseln, befindet sich nur zehn, zwölf Meter Luftlinie vom Ufer entfernt, wie sich später zeigen wird. Doch bis sie dahin kommen, legen sie wohl hundert Meter zurück. Zwei Quadratmeter misst die »Opferinsel«, vier Quadratmeter die »Täterinsel«, wie Stefan T. sie nennt. Auf »seiner« Insel, die mit Müllsäcken ausgelegt ist, kann Stefan T. die nassen Sachen ausziehen und erhält trockene: ein Sweatshirt mit Kapuze, Jogginghose, fünf Paar gleiche Socken, alles ladenfrisch. Beim Umziehen verliert er das Gleichgewicht und stürzt ins Wasser. Der Entführer gibt ihm unter Vorwürfen einen weiteren originalverpackten Jogginganzug. »Ich empfand das als handfeste Verbesserung meiner Situation«, formuliert T. Die nassen Klamotten schmeißt der Unbekannte, der selbst Stiefel, Hosen und Handschuhe aus Gummi trägt, in ein Wasserloch. Bei der Umkleideaktion rutscht Stefan T. die Brille aus der Hosentasche, der Entführer wird sie am nächsten Tag finden.

Mit den Händen über dem Kopf an einen Baum gefesselt, die Augen verbunden, muss Stefan T. Fragen beantworten. Was wird deine Frau jetzt machen? Offenbar fürchtet der Entführer, sie könnte die Polizei alarmiert haben. T. versucht zu beruhigen. »Meine Frau ist intelligent, hatte Mathe-Leistungskurs.« Was verdienst du? »14.000 Euro netto monatlich.« Wie viel Vermögen hast du? »Eine Million Euro, ohne Häuser.« Wie viel ist das Grundstück in Storkow wert? »Eine Million.«

Stefan T., dem die unbequeme Körperlage nach eigenem Bekunden kein Problem bereitet, sagt später, dass der Täter enttäuscht gewesen sei, nur einen »kleinen Fisch« erwischt zu haben. »Ich habe dich finanziell stärker eingeschätzt«, soll der Entführer entgegnet haben.

Auch T. versucht, Antworten zu erhalten. Warum hast du nicht den Hund erschossen?, fragt er. »Weil es kein Schutzhund war.« Was hättest du gemacht, wenn ich im Wohnzimmer eine Waffe gehabt hätte? »Dann hätte ich sofort das Magazin leergeschossen.« Warum hast du mich entführt? »Das Kind könnte Schaden nehmen, Frauen sind zu irrational.«

Stefan T. ist sich nach dem Gespräch sicher, dass der Maskenmann das Haus in Storkow monatelang observiert hat. »Der wusste von Besuchen, von Ereignissen, von meinem

Mercedes SLS.« Von der mehr als 200.000 Euro teuren Luxuskarosse mit Flügeltüren ist der Entführer fasziniert, das spürt Stefan T. Über die großformatigen Bilder, die er bei seinem Eindringen ins Haus bemerkt hat, äußert sich der Fremde eher abfällig. Die hätten keinen Wert und seien hässlich.

Gegen drei oder vier Uhr morgens verfallen Täter und Opfer in einen Dämmerschlaf. Da hatte Stefan T. schon Anekdoten aus seiner »wilden und bewegten Jugend« erzählt, um sich »als Mensch zu zeigen«, wie er sagt.

Am nächsten Morgen reicht ihm der Erpresser die Brille und kündigt an, jetzt gehe es ans Briefeschreiben. Er nimmt dem Opfer die Handfessel ab und auch das Band über den Augen – mit der kategorischen Aufforderung, nur nach unten zu schauen. »Deshalb habe ich vom Täter auch kein Bild«, erklärt der Geschäftsmann. Mehr als »kräftige Oberschenkel und ein sehr muskulöses Gesäß« kann er in den rund 24 Stunden des direkten Zusammenseins mit dem Entführer, der eine Wathose aus Neopren trägt, angeblich nicht erkennen.

Aus einer Kunststoffbox entnimmt der Täter mit einer Plastikpinzette Briefumschläge, Briefmarken und einen Bleistift. Er diktiert aus dem Kopf, Stefan T. beschreibt die Umschläge, die als Briefpapier dienen, von beiden Seiten. Er darf einige Formulierungen ändern, muss aber wegen der zittrigen Schrift mehrmals neu beginnen. »Sonst sieht die Polizei ja gleich, dass du draußen abgelegt bist.«

In den Briefen geht es um die Lösegeldforderung von einer Million Euro, die die Ehefrau beschaffen soll – 900.000 Euro in 500er Scheinen, 100.000 Euro in 20er Scheinen –, und um das komplizierte Prozedere der Übergabe. Dafür sollen Annoncen in allen brandenburgischen Zeitungen und GPS-Daten genutzt werden, eine Art digitale Schnitzeljagd über mehrere Stationen. »Ich kann nur vermuten, dass er sehen wollte, ob die Polizei im Spiel ist«, sagt Stefan T.

Nach einer Weile hat er zwei nahezu gleiche Briefe an seine Frau fertiggestellt, versehen mit den Adressen seiner Villa in Wannsee und des Hauses in Storkow. »Nachdem der Erpresser glücklich gemacht wurde, macht er uns glücklich«, heißt es darin sinngemäß. Einen Fehlversuch kann Stefan T. unbemerkt in seine Hose schieben, als Beweisstück und »Ausdruck meines Überlebenswillens«. Ein dritter Brief mit Hinweisen zum Aufenthaltsort des Opfers soll erst verschickt werden, wenn das Lösegeld gezahlt ist. Weitere Schreiben enthalten die Geocaching-Koordinaten zur Geldübergabe. Das restliche Papier verbrennt der Entführer. Stefan T. wagt nicht, den Kopf zu heben. Keiner der Briefe wird je die Empfängeradressen erreichen. Sie bleiben verschwunden.

Die Zeit danach vergeht quälend langsam. Manchmal reden die Männer miteinander. Der Geiselnehmer spricht von der Tat als »Altersvorsorge«. Stefan T., der längst wieder gefesselt ist, hört ihn irgendetwas hantieren und »in gewisser Regelmäßigkeit« ein Schniefen, hört Boote auf dem See, hört Stimmen, die Eisenbahn. Er glaubt jetzt zu wissen, wo er sich befindet. Auf dem See ist er oft gesegelt. Ein eigenartiger Geruch bleibt in seiner Erinnerung, den er als fruchtig, süßlich, stechend und scharf beschreibt. Salmiak? Es beginnt zu regnen.

Als ein Hubschrauber der Polizei über dem Gebiet kreist, wirft der Entführer hektisch Blätter und Zweige auf die Plastikplanen, die die Inseln bedecken. Für Stefan T. ist es ein Zeichen, dass die Polizei Bescheid weiß, aber der Entführer nun auch gewarnt ist. Der beginnt am späten Nachmittag mit der von ihm so angekündigten »Vollverklebung«.

Der Täter habe ihn »wie ein Paket« verpackt, sagt Stefan T. Der Geiselnehmer umwickelt ihm im Regen, der wolkenbruchartig vom Himmel fällt, Knöchel, Knie und Handgelenke mit Textilklebeband, stopft Ohropax in die Ohren, verschließt Augen und Mund mit Paketband, wirft T. eine Plüschdecke über den Körper. Dessen Hände und Füße sind an Bäumen verschnürt. Mehrere Versuche benötigt der Entführer, um einen dünnen Plastikschlauch durch das Klebeband in den Mund seines Opfers zu stecken, damit es Wasser aus dem Sumpf saugen kann. »Trink erst, wenn dein Körper richtig brennt«, warnt er Stefan T., der glaubt, ersticken zu müssen. Er hat nichts zu essen bekommen, sein Kapuzenshirt und die Jogginghose sind durchnässt.

Stunden vergehen, die Temperatur fällt auf unter zehn Grad und es ist längst Nacht, als Stefan T. es nach eigenen Angaben wagt, sich von den Fesseln zu befreien, ganz vorsichtig und leise und mit langen Pausen. Er weiß nicht, ob der Täter noch in der Nähe ist. Er kann das Band an den Händen einreißen, zunächst ein Ohr freilegen und lauschen. Es bleibt ruhig. Er löst die Knoten und Klebestreifen und fürchtet jedes Mal, der Entführer würde jetzt einschreiten. »Das hat alles sehr lange gedauert«, beschreibt er die spannungsgeladenen Stunden.

Er will die Dunkelheit zur Flucht nutzen, irrt auf Socken durch das morastige Gebiet, kommt aber kaum voran. Manchmal stolpert er in Wasserlöcher und muss sich an Zweigen wieder herausziehen. Er kriecht auf allen vieren durch das Unterholz, immer bemüht, festen Boden oder wenigstens Wurzeln unter sich zu haben. Als er nach einer halben Stunde das Licht einer Taschenlampe hinter sich bemerkt, liegt die Insel keine fünfzehn Meter von ihm entfernt. Der Entführer ist offenbar zurückgekehrt. Stefan T. drückt sich an den Boden, zieht die Kapuze über den Kopf und rührt sich nicht. Er hat unsägliche Angst. »Mein Zähneklappern schien mir so laut, dass er mich gleich entdecken müsste«, erzählt T.

Der Entführer sucht wohl 45 Minuten nach dem verschwundenen Opfer. Ganz dicht kommt er einmal heran. Dann entfernen sich die Schritte wieder. Gegen sechs Uhr, bevor es hell wird, entschließt sich Stefan T., die Flucht fortzusetzen. Er hastet durch den Morast, stößt auf einen holprigen Knüppeldamm, den er kennt, und fängt an nach links zu joggen, Richtung Wendisch Rietz. Zu seinem Haus hätte er in die andere Richtung laufen müssen. Aber das, so fürchtet Stefan T., weiß auch der Täter. Im zweiten Haus, wo er am frühen Sonntagmorgen klingelt, erhält er Hilfe. Ein Ehepaar informiert die Polizei und bietet ihm Kaffee an. Die Leidenszeit ist vorüber.

Nach der Selbstbefreiung wird Stefan T. einem Notarzt vorgestellt. Der untersucht ihn oberflächlich und bezeichnet Blutdruck, Atmung und Motorik als normal. Während der neunminütigen Begegnung darf das Opfer den weißen Overall nicht ausziehen, in den ihn die Polizei gesteckt hat, um mögliche DNA-Spuren des Täters nicht zu verwischen. Stefan T. klagt nicht über Verletzungen. Der Rettungsarzt weist die Polizei mündlich und im Protokoll darauf hin, dass der Patient unbedingt noch von einem Gerichtsmediziner untersucht werden muss. Warum es dazu nicht kommt, bleibt offen.

Die Fahndung nach dem Kidnapper läuft zu diesem Zeitpunkt längst auf Hochtouren. Hunderte Polizisten, Taucher und Fährtenhunde suchen nach dem Phantom, dessen Gesicht niemand kennt. Ein Großaufgebot von Spezialeinsatzkommandos aus mehreren Bundesländern unterstützt die Brandenburger Polizei. Die Beamten, die über 700 Hinweise erhalten, befragen in den folgenden Wochen und Monaten mehr als 2500 Menschen in der Region, darunter viele Jäger, Angler und Wassersportler. Der Unbekannte wird als höchstgefährlich eingestuft. Die Telefone der Familie, aber nicht nur ihre, werden auch nach der Selbstbefreiung ohne Wissen der Betroffenen abgehört. Das ist bei solchen Fällen nicht ungewöhnlich. In einem der belauschten Gespräche sagt Stefan T.: »Ich war zu keinem Zeitpunkt ängstlich.«

Noch am Tag der Selbstbefreiung finden die Polizisten, die sich mit Schlauchbooten vom Wasser her nähern, das Versteck im Sumpf. T. führt sie, trotzdem benötigen sie dafür mehr als eine Stunde. An einer Untiefe stolpert Stefan T. und bricht sich den Fuß. Zu den Hinterlassenschaften auf den Inselchen gehört auch die von T. beschriebene Decke. Wenige Meter entfernt liegt das Kanu, ein älteres französisches Fabrikat. T. entdeckt es zuerst. Am Boot lassen sich Faserspuren des blauen Kaschmirpullovers nachweisen und Reste eines Klebebandes, doch Fingerabdrücke oder DNA-Spuren können die Kriminaltechniker nirgendwo aufnehmen.

Entscheidende Hinweise erhofft sich die Kripo von der ZDF-Sendung »Aktenzeichen XY … ungelöst«, die das Verbrechen drei Tage später aufgreift. Die Sendereihe hatte zuvor schon zweimal über den Maskenmann und die Überfälle auf die Unternehmerfamilie P. berichtet, die auch zum Spitzenthema bei den Zeitungen in Berlin und Brandenburg werden.

Niemand kann mehr über den Maskenmann erzählen als Stefan T. Er ist nicht nur ein Opfer, sondern zugleich der wichtigste Zeuge. 33 Stunden befand er sich in der Gewalt des Täters, den er als »Outdoor-Experten« bezeichnet. Nach einer ersten Befragung am Sonntag und dem Aufspüren des Lagers im Sumpf wird der Manager gegen 21.30 Uhr zu seinem Berliner Haus gebracht. Hier wartet die ganze, unter Polizeischutz stehende Familie auf ihn, auch die drei schon erwachsenen Kinder sind gekommen: Der älteste Sohn flog mit seiner Frau aus Brasilien ein, der zweitälteste reiste aus Hamburg an, die Tochter aus Paris. Noch in der Nacht entschließt sich die Familie spontan, am nächsten Abend gemeinsam für eine Woche nach Mallorca zu fliegen. Die Polizeiverantwortlichen haben keine Einwände.

Gegen 10.30 Uhr am Montag wird Stefan T. in seinem Arbeitszimmer länger vernommen, in einer »sehr offenen Atmosphäre«, wie er befindet. Mittags unterbricht ein vorher angekündigter Anruf die Vernehmung, der Brandenburger Polizeipräsident Arne Feuring will mit dem Opfer sprechen. Das acht- bis zehnminütige Telefonat ist im Protokoll nicht vermerkt. Stefan T. sagt, der Polizeipräsident habe sich nach seinem Befinden erkundigt. Feuring selbst will mit dem Opfer »Betreuungsmaßnahmen« abgesprochen und ihn über eine geplante Pressekonferenz informiert haben.

Der Fall bekommt nun eine politische Dimension. In den Medien und auch unter Ermittlern wächst in den folgenden Monaten die Kritik daran, dass die Polizeiführung sich einmischt und Stefan T. so kurz nach der Tat in den Urlaub fliegen lässt – obwohl jeder weiß, dass die ersten Stunden und Tage besonders wichtig sind für die Aufklärung eines Falls. Politiker der Opposition und auch der mitregierenden Linken fordern den Rücktritt des Polizeichefs, dem die Vorwürfe aber nichts anhaben können. In der Neuauflage der rot-roten Koalition nach der Landtagswahl im September 2014 steigt er zum Staatssekretär im Innenministerium auf. Schon neun Monate später muss er diesen Posten wieder verlassen. Er soll, so die Vorwürfe, während seiner Zeit als Polizeipräsident Manipulationen an der Kriminalstatistik veranlasst haben.

Die Vernehmung des Entführungsopfers an jenem Montag endet gegen 15.30 Uhr. Da wartet bereits das Taxi vor der Tür, um die Familie zum Flughafen zu bringen. Wegen seiner Verletzung am Sprunggelenk kann sich Stefan T. auf Mallorca nur mit Krücken bewegen. Erst nach der Rückkehr der Familie wird er weiter befragt. Am Ende liegen acht Vernehmungsprotokolle vor.

Die Ermittler nehmen die Aussagen von Stefan T. zum Teil auf Video auf. Auf einem der Filme ist zu sehen, wie T., zurückgelehnt im Sessel, den Beamten seine Erinnerungen druckreif diktiert. Selbst Satzzeichen (»Klammer auf«, »Doppelpunkt«) vergisst er nicht. Er äußert sich darin auch zu den ungewöhnlichen Ohrstöpseln, die er zum Ende der Gefangenschaft tragen musste. Dabei handele es sich um spezielles, wassertaugliches Ohropax, das nicht überall zu haben sei. Er selbst benutze sie beim Schwimmen, weil seine

Ohren kein Süßwasser vertrügen. Die Stöpsel »waren lustigerweise auch die, die ich zu Hause trage«, erzählt T. Dieser für die Ermittlungen vielleicht nicht unwichtige Satz fehlt im ausgeschriebenen Protokoll.

Die spektakuläre Verbrechensserie beschäftigt über Monate die Soko »Imker«, die zeitweise auf bis zu 60 Ermittler aufgestockt wird. Sie verfolgen und analysieren mehr als 125 »Personen-Spuren«. Gegen 50 Verdächtige wird ermittelt, ohne dass ein konkreter Tatverdacht besteht. Sie passen aber in ein Raster, das die Beamten nach den Taten aufgestellt haben – einschlägige Waffenkenntnisse gehören dazu, bestimmte Verhaltensweisen, das Alter, Sportlichkeit, Vorstrafen.

Das Entführungsopfer Stefan T. gibt seinen Betreuern von der Polizei über Wochen unzählige Hinweise, wo und wie noch ermittelt werden könnte, etwas in der Nachbarschaft. Spätere Aussagen von Polizisten machen deutlich, dass der Manager über den Stand der Dinge ständig informiert war.

Zwei Wochen nach der Entführung, am 22. Oktober 2012, lädt die Polizei auch den 46 Jahre alten Mario K. zu einer staatsanwaltschaftlichen Vernehmung, ausdrücklich als Zeuge. Die Ermittler erkundigen sich bei K. unter anderem nach seinen finanziellen Verhältnissen (überschaubar), ob er mit GPS-Geräten umgehen kann (nein), nach Alibis für die Tatzeiten (keine Erinnerung), ob er schon mal in Bad Saarow oder Storkow war (nein). Die Frage, ob er freiwillig einer »Wohnungsbesichtigung« durch die Polizei zustimmen würde, weist K. zurück. Er wünscht den Vernehmern freundlich »viel Erfolg« bei den Ermittlungen.

Der gelernte Dachdecker, der seit der Wende von Gelegenheitsjobs lebt, macht bei dieser Befragung auch auf ein körperliches Defizit aufmerksam. Bei ungeschickten Bewegungen verrenke er sich leicht das rechte Knie und verspüre dann tagelang Schmerzen, erklärt er. Die Ursache des Leidens ist der Polizei natürlich bekannt. Die Arthrose und

Schädigung der Nervenbahn im Bereich der rechten Schienbeinmuskulatur ist die Folge einer Auseinandersetzung im November 1997, bei der Mario K. und ein Bekannter – beide ziemlich angetrunken – nach einem Kinobesuch in Berlin-Hellersdorf mit einer Gruppe junger Männer in Streit gerieten. Nach einer Rangelei zog K. eine Pistole, Marke Česká 75, die er wie auch eine kugelsichere Weste damals fast täglich trug. Ohne Vorwarnung zielte er schräg nach unten auf den Boden vor den Angreifern und feuerte sieben Schüsse ab. Geschossteile verletzten vier Menschen. Einer der Beteiligten folgte dem flüchtenden Mario K. und bekam nach einem Handgemenge die Waffe zu fassen. Dreimal feuerte er mit ihr auf K.s Beine und zertrümmerte dabei dessen rechtes Kniegelenk. Bis heute kann Mario K. bestimmte Bewegungen nur unter Schmerzen ausführen und das Knie nicht um mehr als 90 Grad beugen, bestätigt ein Gutachten.

Die Waffengeschichte und andere Delikte wie Diebstähle und Körperverletzungen bringen K. mehrfach ins Gefängnis. 2003 und 2004 bricht er am Seddinsee Yachten auf und zündet sie an, um Spuren zu beseitigen. Er campiert während dieser Zeit in den Gosener Wiesen, wo er auch Beute versteckt. Sein Verhalten, seine Vorstrafen und seine Waffenkenntnisse machen ihn zum Verdächtigen. Zudem trainiert K. seit 2011 in einem Schützenverein, übt dabei auch mit einer Česká 75. Die Munition des Herstellers Sellier & Bellot, Kal. 9 mm, mit der er dort trainiert, ist die gleiche, die auch bei den Überfällen auf die Millionärsfamilien zum Einsatz kam.

Im Frühjahr 2013 beginnt die Polizei, ihn zu observieren. Ein schwieriges Unterfangen, denn der schlanke, trainierte Mann, der auf die 50 zugeht, fährt mit seinem Rennrad fast jeden Tag bis zu 120 Kilometer durch die Gegend. Er lebt monatelang wild an verschiedenen schwer zugänglichen und uneinsehbaren Stellen im Wald, trägt dabei oft Einweghandschuhe. Seinen Abfall räumt er penibel zusammen und stellt ihn so ab, dass er immer sofort von der Müllabfuhr mitgenommen wird. Auch seine letzte Wohnung in Lichtenberg, die er längst abgemeldet hat, ist mit starkem Reinigungsmittel gesäubert. Die Ermittler werten das »äußerst spurenvermeidende und konspirative Verhalten« des Verdächtigen als belastendes Indiz. Heimlich durchsuchen sie sein Versteck nach einer Pistole. Vergebens. Die Tatwaffe wird auch später bei zahlreichen Durchsuchungsaktionen nicht gefunden.

Manchmal spricht K. auf der Straße wildfremde Frauen an. So lernt er im Juli 2013 beim Radfahren eine neue Freundin kennen, zu der er zwei Wochen später zieht. Ihr erzählt er nur wenig von seiner Vergangenheit, deutet aber ein Geheimnis an: »Wenn du wüsstest, was ich gemacht habe ...« Um an eine Stimmprobe zu gelangen, locken die Ermittler Mario K. unter einem Vorwand zum Jobcenter nach Lichtenberg.

Die Spitze der Mordkommission ist davon überzeugt, den richtigen Täter ausgemacht zu haben. Doch nicht alle Mitglieder der Soko sind dieser Meinung. Am 7. August 2013 geht bei der Staatsanwaltschaft Neuruppin – zuständig für Korruptionsfälle – die Selbstanzeige eines Kriminaloberkommissars ein, der T. vernommen hat, ihm später als Betreuer zugeteilt war und sich nun selbst der Strafvereitelung im Amt bezichtigt. Auf 22 Seiten beschreibt Lutz B., wie der Chef der Frankfurter Mordkommission, Falk Küchler, Widersprüche in den Aussagen des Entführungsopfers ignoriert und weitere Ermittlungen untersagt haben soll. »Es wird das gemacht und auch veranlasst, was das Opfer möchte«, heißt es in der Selbstanzeige, die aber nicht weiter verfolgt wird.

Auch andere Kriminalbeamte haben Zweifel, ob die Entführung des Managers tatsächlich so wie beschrieben stattgefunden hat. Nicht nur der Ermittler Lutz B., auch andere Polizeibeamte berichten von dem Verbot, das Entführungsopfer mit Unstimmigkeiten zu konfrontieren. Man habe den Wahrheitsgehalt der Aussage von Stefan T. nicht überprüfen dürfen, sagen einige von ihnen später vor Gericht aus. Auf Anweisung der Soko-Führung sollte nicht mehr in andere Richtungen ermittelt werden. Mindestens drei Ermittler werden wegen kritischer Nachfragen versetzt, darunter Lutz B. Gegen sie leitet die Staatsanwaltschaft später sogar Ermittlungsverfahren wegen des Verdachts der uneidlichen Falschaussage ein. Eine Polizistin wechselt freiwillig von der Mordkommission zum Streifendienst.

Die Festnahme von Mario K. lässt Küchler akribisch vorbereiten. K. dürfte spätestens davon Wind bekommen haben, als eine mit den Zahlen 0335 5548 beginnende Telefonnummer auf dem Display seines Handys erscheint. Der Anschluss gehört der Frankfurter Staatsanwaltschaft. Ein Mitarbeiter hat K. versehentlich angewählt. Als der sich meldet, legt er erschrocken auf.

Der Zugriff durch ein Spezialeinsatzkommando erfolgt am 17. September 2013 kurz vor 18 Uhr am Einkaufszentrum »Forum« in Berlin-Köpenick. Mario K. leistet gegen die maskierten und schwerbewaffneten Beamten keinen Widerstand. Während der Fahrt im Streifenwagen zum Landeskriminalamt nach Eberswalde erzählt ihm ein Kriminalist, dass ein Opfer der Überfälle – gemeint ist Stefan T. – seine Stimme wiedererkannt habe. »Ich habe mit der Sache nichts zu tun«, sagt der Festgenommene aber mehrfach. Im Verlauf des Tages hatte die Polizei bereits die Wohnungen seiner Schwester und von Bekannten durchsucht. Wenige Tage zuvor hob Mario K. die letzten 168 Euro von seinem Konto ab. Für eine bevorstehende Flucht, wie die Ermittler glauben.

Die Tatabläufe, so wie sie hier dargestellt sind, beruhen auf Zeugenaussagen. Eindeutige Beweise, dass Mario K. der Täter ist, gibt es nicht, als am 5. Mai 2014 vor dem Landgericht Frankfurt (Oder) der Prozess gegen ihn beginnt. Die Ermittlungsergebnisse der Polizei füllen zwar fast 400 Bände, doch die Staatsanwaltschaft muss sich in dem Mammutverfahren ausschließlich auf Indizien stützen. Denn auch die Stimmprobe von Mario K. erweist sich als wenig hilfreich. Stefan T., der sich lange mit seinem Peiniger unterhalten hat, kann sie unter sieben ähnlichen Männerstimmen nicht eindeutig identifizieren. Zuvor hatte er noch angekündigt: »Sobald ich den Täter wieder höre, bekomme ich garantiert eine Gänsehaut.« Der Täter habe seine Stimme während der Entführung verstellt, erklärt T. nun gegenüber einem Experten.

Als Nebenkläger treten in dem Verfahren alle vier Opfer auf. Der Verteidiger des Angeklagten, Axel Weimann, verliest zum Auftakt eine Erklärung seines Mandanten: »Ich bin der Falsche. Ich bin nicht der, den Sie suchen.« Mario K. selbst wird während des 13 Monate dauernden Verfahrens schweigen – sein gutes Recht. Fünf Justizbeamte bewachen ihn an jedem der fast 60 Prozesstage.

Rechtsanwalt Weimann hat sich schon bei mehreren spektakulären Fällen einen Namen gemacht. Er verteidigte zum Beispiel die libanesischen Zwillingsbrüder, die Anfang 2009 bei einem Einbruch in das Berliner KaDeWe Schmuck und Uhren in Millionenwert erbeutet haben sollen. Eine DNA-Spur am Tatort stammt von ihnen. Weil sie bei eineiigen Zwillingen aber nicht klar zuzuordnen ist, mussten die Brüder aus der Untersuchungshaft entlassen werden.

Der 51-jährige Anwalt findet auch in Frankfurt (Oder) schnell die Lücken in der Anklage. Immer wieder stellt er den Opfern Fragen zur Täterbeschreibung, denen der Angeklagte nicht zu entsprechen scheint. Der rotblonde Dreitagebart, den Petra P. gesehen haben will, oder die Größe des Phantoms, die Stefan T. und auch seine Ehefrau zunächst mit etwa 1,70 Meter angaben – kaum etwas hat augenscheinlich mit Mario K. zu tun. Der ist brünett und in seinem Ausweis steht die Größe von 1,86 Meter. Um dies dem skeptischen Stefan T. zu beweisen, zückt der Anwalt sogar einen Zollstock und vermisst den Angeklagten im Gerichtssaal.

Trotz unzähliger Sachverständiger, Ermittler und vieler anderer Zeugen, die gehört werden, bleiben die Indizien gegen Mario K. schwach. So fand die Polizei im Besitz von K. die gleichen Briefmarken »600 Jahre Universität Leipzig«, die der Täter auch für das Frankieren der – nie abgeschickten – Erpresserbriefe genutzt haben soll. Allerdings erschien die Marke 2009 in einer Auflage von 900 Millionen Stück. Auch das frühere Zelten im Wald hält Rechtsanwalt Weimann für wenig belastend.

Die Anklagebehörde verweist dagegen auf die »lange Indizienkette«. Das Grundmotiv von Mario K. sei der »Hass auf Reiche«.

Rechtsanwalt Weimann versucht nachzuweisen, dass durchaus auch andere Männer als Täter in Frage kommen, die zeitweise in den Blick der Ermittler geraten sind – ebenfalls durch Indizien. Dazu gehört auch ein früherer Hubschrauberpilot der Polizei-Fliegerstaffel Brandenburg, dessen Name kurz vor Prozessende bekannt wird. Nach der Entführung überflog er das Gebiet um den Tatort. Er wohnte zu jener Zeit in der Nähe, hatte hohe Schulden und jobbte neben dem Polizeidienst schwarz bei einem privaten Flugunternehmen. Zahlreiche Indizien, die Mario K. belasten, treffen auch auf ihn zu, wurden während der Ermittlungen aber ebenso wenig geprüft wie sein Alibi. 2013 schied er aus dem Polizeidienst aus. Der Pilot soll seitdem für eine Hilfsorganisation im Ausland fliegen. Wie die Staatsanwaltschaft lehnt es auch das Gericht ab, diese Indizienspur zu verfolgen.

»Man muss das im Komplex betrachten«, sagt Falk Küchler, der 39-jährige Chefermittler. Die Frage, warum er offenbar Material unterdrückte, das den Angeklagten entlastet hätte, kann während des Prozesses nicht geklärt werden. Küchler, ein glatzköpfiger Mann mit breiten Schultern, gibt ausweichende Antworten. Über Wochen wird vor Gericht mehr über ihn und andere Führungskräfte geredet als über den Angeklagten. Küchler hat bei der Kripo eine steile Karriere hinter sich. Gerade 33 Jahre alt, erklimmt er 2008 die Spitze der Frankfurter Mordkommission. Fast nebenbei wird bekannt, dass er einige Tage nach der Entführung angetrunken in Storkow auftauchte, um von einem Boot aus den Ort der Entführung zu inspizieren.

Vor Gericht wird das Opfer Stefan T. an vier Tagen gehört. Seine Darstellung wirft nach wie vor Fragen auf. Kann die Entführung überhaupt so abgelaufen sein, wie er sie schildert – mit klammen Händen für längere Zeit ein glitschiges Kanuende umklammern? Polizeitaucher haben große Schwierigkeiten, als sie die Situation unter besseren Bedingungen nachstellen. Kommt ein Paddelboot mit einem Mann im Schlepp überhaupt, so wie behauptet, voran? Selbst ein durchtrainierter Kanute benötigt dafür sehr, sehr viel Kraft, zeigen K.s Anwälte. Mehr als eine Stunde Aufenthalt im höchstens 14 Grad kalten Wasser, gefesselt, ohne Essen und zum Teil im Regen bei einer Nachttemperatur von fünf Grad? Irgendwann seien die Reserven aufgebraucht, erklärt ein Rechtsmediziner. Und wie kann Stefan T. die aufgelockerte Bewölkung und das Aussehen der Luftmatratze in der Entführungsnacht beschreiben, wenn doch seine Augen verbunden waren? Stefan T. verweist auf schmale Sehschlitze, die ihm angeblich geblieben seien.

Schließlich die Flucht: Kann man entkräftet, durchnässt und ohne Schuhe im Dunkeln einen schwer überwindbaren Sumpf durchqueren, ohne auch nur eine einzige Schramme abzubekommen? Nicht ausgeschlossen, aber zweifelhaft, sagt der Rechtsmediziner. Und warum ist der Erpresserbrief, den sich T. heimlich in die Hose schob, selbst nach der abenteuerlichen Flucht offenbar frei von Wasserspuren? Ungeklärt bleibt, welcher Kriminalist den Brief nach der Selbstbefreiung überhaupt entgegengenommen hat.

Ein Teil der Entführung ist besonders umstritten, die Fesselung. Lassen sich mehrere Lagen eines Textilklebebandes über dem Mund mit einem angespitzten Plastikschlauch durchstechen? Nach einem Selbstversuch mit einem Kollegen lautet die Antwort von Anwalt Weimann: Nein. Auch der zweifelnde Ermittler Lutz B. probiert es aus, will seinen Kopf für fünf Stunden mit dem gleichen Klebeband umwickeln, genauso, wie es Stefan T. geschildert hat. Nach zwei Stunden gibt er auf. »Länger ist die Fesselung nicht zu ertragen«, sagt er. Das Ohropax in den Ohren »vermittelt ein Gefühl, das der Kopf wegplatzt«. Auch gelingt es ihm nicht, den Silikonschlauch in den Mund zu schieben. Beim Abwickeln der Bänder reißt er sich schmerzhaft Haare und Wimpern aus. Stefan T. hat davon nichts berichtet.

Das Opfer bleibt bei seiner Darstellung. Doch warum sollte T. die Geschichte der Entführung auch falsch erzählen? Mögliche Antworten gleiten ab in den Bereich der Spekulationen.

Mehrmals verlängert das Gericht das Verfahren. Immer neue Gutachter und Zeugen sagen aus, doch klare Beweise für die Täterschaft von Mario K. können auch sie nicht liefern. Es gibt keine Fingerabdrücke, keine DNA-Spuren vom Angeklagten, keine Tatwaffe, auch das Gesicht des Täters hat niemand gesehen.

In ihrem Plädoyer pocht die Staatsanwaltschaft auf die lange Indizienkette und fordert für Mario K. eine lebenslange Haftstrafe wegen versuchten Mordes, versuchter Tötung, gefährlicher Körperverletzung und schwerer räuberischer Erpressung. Die Verteidigung plädiert auf Freispruch. »Herr K. ist unschuldig. Die Staatsanwaltschaft ist den Nachweis seiner Täterschaft schuldig geblieben«, sagt Rechtsanwalt Weimann.

Mehr als ein Jahr ist seit Prozessbeginn vergangen, als der Vorsitzende Richter im Juni 2015, nach 57 Verhandlungstagen, das Urteil verkündet: lebenslange Haft für Mario K. Das Gericht hat angesichts der »Gesamtschau der Indizien« keine Zweifel an seiner Täterschaft. Dem querschnittsgelähmten Wachmann Thorsten H. spricht es ein Schmerzensgeld von 250.000 Euro zu. Die Aussage des Entführungsopfers Stefan T. wertet das Gericht ausdrücklich als »glaubhaft«.

Nach dem Urteil setzt das Innenministerium angesichts der Pannen und Querelen während der Ermittlungen eine Kommission zur Untersuchung der Polizeistrukturen ein. Ihr Bericht, im Dezember 2015 vorgestellt, bestätigt weitgehend die Vorwürfe der kritischen Polizisten. Von schweren »Defiziten in Personalführung und Kommunikation« innerhalb der Mordkommission und der Soko »Imker« ist die Rede. Deren Chefs gehören zu den Beamten, denen eine »mangelhafte Wahrnehmung von typischen Leitungsaufgaben« vorgehalten wird. Im Innenausschuss des Landtags kündigt der Leiter der Polizeiabteilung im Innenministerium, Herbert Trimbach, personelle Konsequenzen an. »Wir hoffen, dass es einen so drastischen Fall wie bei der Soko ›Imker‹ in Brandenburg nicht mehr geben wird.«

Trotz aller Zweifel findet einer der spektakulärsten Brandenburger Kriminalfälle am 5. April 2016 seinen juristischen Abschluss. Der Bundesgerichtshof verwirft die Revisionen des Angeklagten sowie zweier Nebenklägerinnen, die eine spätere Sicherungsverwahrung gefordert hatten. Das Urteil für Mario K. ist rechtskräftig.

6. Neun tote Babys

Sabine H. lässt Neugeborene sterben und niemand bemerkt es

Über die nicht gekennzeichneten Gräber auf dem Hauptfriedhof von Frankfurt (Oder) ist Gras gewachsen. Die Rasenfläche gehört zum Abschnitt, auf dem Kinder unter fünf Jahren beerdigt werden. Nichts erinnert an die neun toten Babys, die irgendwo hier am Morgen des 4. Dezember 2007 beigesetzt worden sind. Keine Blumen, kein Teddybär. Als die kleinen Särge früh um acht Uhr – gewöhnlich beginnen die Beisetzungen eine Stunde später – in den Boden gelassen werden, ist nur der Mitarbeiter eines Bestattungshauses gekommen. Weder die Eltern Sabine und Oliver H. noch Verwandte sind dabei, und auch Frankfurts CDU-Oberbürgermeister Martin Patzelt, der sein Erscheinen angekündigt hat, verpasst an dem trüben Dezembertag die kurze, traurige Zeremonie. Die Stadt habe den Termin nicht gekannt, erklärt ein Stadtsprecher hinterher. Bevor die Neugeborenen, die nur wenige Stunden lebten, ihre letzte Ruhe finden, dienten sie zwei Jahre und vier Monate als »Beweismittel« in einem Fall, der das kollektive Gedächtnis eines ganzen Landes nicht mehr verlassen will.

In Brieskow-Finkenheerd, zehn Kilometer von Frankfurt (Oder) entfernt, beginnt am letzten Juli-Wochenende 2005 ein 28-jähriger Mann, die nicht zu Ende gebaute Garage hinter einem zweigeschossigen Wohnhaus aufzuräumen. Seine Großmutter hat ihn darum gebeten. Der Frau, die in dem Haus mit einer ihrer erwachsenen Töchter wohnt, gehört das grüne Grundstück. Das halbfertige Gemäuer, an dem der Enkel seinen Freundschaftsdienst versieht, ist zugemüllt mit allerlei Kram, Möbelresten und Behältnissen, die einmal als Pflanzgefäße dienten und mit Erde gefüllt sind. Eine andere Tochter der Grundstücksbesitzerin, eine Tante des 28-Jährigen, hat sie dort vor fast zwei Jahren abgestellt, als ihre Wohnung in Eisenhüttenstadt zwangsgeräumt werden sollte. Wann immer jemand die Schmutzecke zu entrümpeln versuchte, hatte sie sich dagegen gewehrt und auf die Blumenzwiebeln in den Gefäßen verwiesen.

In einem alten Aquarium und anderen Gefäßen stößt der Mann, als er die Erde ausschüttet, auf gefüllte Plastiktüten, auf Handtücher und Lappen, in die etwas Undefinierbares eingewickelt ist, und entdeckt Knöchelchen. Er findet auch einen kleinen Schädel, nicht größer als eine Kokosnuss. Der Mann möchte nicht glauben, was er da sieht, er läuft ins Haus und spricht mit seiner Großmutter. Dann rufen sie die Polizei an und erzählen von ihrem ungeheuerlichen Verdacht. Es ist Sonntag, der 31. Juli.

Hinter rotweißen Absperrbändern durchsuchen bald darauf 40 Polizisten mit acht speziell ausgebildeten Hunden das Grundstück in der Bahnhofsstraße 22 nach Leichenteilen. Kein Quadratmeter bleibt unbeachtet, doch fündig werden sie nur in der Garage. Nicht nur das Aquarium diente als Versteck, auch Farbeimer, ein großer Kochtopf, eine rote Babybadewanne und ein Maurerkübel verbergen unter einer Erdschicht Babyleichen oder das, was von ihnen übrig geblieben ist. Auch ein Wäschekorb aus Weidengeflecht musste als Grabstätte herhalten.

»Ich bin schon eine Weile dabei, aber so etwas Grauenhaftes habe ich noch nie erlebt«, sagt der Frankfurter Polizeisprecher Peter Salender. So wie ihm geht es allen Polizisten, die an dem Einsatz beteiligt sind. Am Ende des Tages berichten Gerichtsmediziner den Ermittlern, dass die Überreste von mindestens neun Säuglingen geborgen wurden.

Ein Baby-Friedhof, wie es ihn wohl noch nie gegeben hat. Die Suche nach weiteren Leichenteilen oder anderen Verbrechensspuren dauert auf dem weiträumig abgeriegelten Grundstück noch Tage an. »Warum, warum, warum«, haben Unbekannte in roter Schrift auf ein Schild geschrieben und die Wörter mit zehn gelben Fragezeichen versehen. »Wir trauern«, setzten sie noch hinzu. Sie haben das Plakat am Zaun des Gartens abgestellt, wo auch Kuscheltiere, Blumen und Kerzen an das Unfassbare erinnern. Die Eigentümerin, deren Tochter verdächtigt wird, kann den Medienleuten nur mit Hilfe der Polizei entkommen.

Die ersten Ermittlungen, die von der erfahrenen Frankfurter Staatsanwältin Anette Bargenda geleitet werden, kommen schnell voran. Am Montagabend, einen Tag nach dem Fund, nimmt die Polizei Sabine H. in Frankfurt (Oder) fest. Dort wohnt die arbeitslose Zahnarzthelferin mit ihrem deutlich älteren Lebensgefährten Bernd B. in einem Plattenbau. Der Haftbefehl lautet auf Verdacht des Totschlags in neun Fällen. Bisher ist die 39-Jährige der Polizei erst einmal aufgefallen. Sechs Wochen vorher hatten Nachbarn die Beamten wegen ruhestörenden Lärms zu ihrer Wohnung gerufen. Die betrunkene Sabine H., die sich lautstark mit ihrem Lebensgefährten stritt, ging dabei auf die Polizisten los. Weil die anderthalbjährige Tochter einen verwahrlosten Eindruck macht, soll sich eine Sozialarbeiterin um Sabine H. und das Kind kümmern.

Im Verhör zeigt die zierliche Frau kaum Regungen, als sie mit den schrecklichen Funden im Garten ihrer Mutter konfrontiert wird. Sie habe damit nichts zu tun, erklärt sie ruhig. In ihrer Wohnung findet die Polizei nichts Verdächtiges, sie gräbt auf der Suche nach Leichenteilen auch auf einem von der Verdächtigen zeitweilig genutzten Datschengrundstück in der Frankfurter Laubenkolonie »Einigkeit«.

Nach mehr als zwei Stunden kündigt einer der Vernehmer schließlich an, einen DNA-Test machen lassen zu wollen.

Jetzt, es ist kurz vor Mitternacht, gibt Sabine H. auf. Sie legt ein Teilgeständnis ab. »Sie haben recht«, sagt sie. Ja, es seien ihre Kinder, die da in den Behältnissen auf dem Grundstück in Brieskow-Finkenheerd gefunden wurden. Und fast erleichtert fügt sie hinzu: »Ich bin froh, dass es jetzt raus ist.« Doch Sabine H. bestreitet vehement, die Babys gewaltsam getötet zu haben. »Ich habe sie nicht vorsätzlich sterben lassen, ich habe sie einfach liegenlassen.« Bei dieser Aussage bleibt sie. Ihr damaliger Mann Oliver, mit dem sie drei inzwischen fast erwachsene Kinder hat, habe keine weiteren Kinder gewollt, gibt sie als Grund an. Ihre jüngste Tochter, die 18 Monate alte Elisabeth, hat einen anderen Vater.

Das Entsetzen über den Fall ist grenzenlos. Das Kriminologische Forschungsinstitut Niedersachsen teilt mit, es handele sich um den schlimmsten bekannten Fall von Säuglingstötungen in der europäischen Kriminalgeschichte. Brandenburgs SPD-Ministerpräsident Matthias Platzeck spricht von einer »tiefen Erschütterung«. »Dieser grausige Fund macht uns fassungslos«, sagt er.

Platzecks Stellvertreter in Brandenburg, Innenminister Jörg Schönbohm (CDU), als politischer Hardliner bekannt, gießt Öl in die schnell aufflammende öffentliche Diskussion über möglichen Motive und die Hintergründe der Tat. Dem Berliner *Tagesspiegel* sagt Schönbohm, er glaube, »dass die von der SED erzwungene Proletarisierung eine der wesentlichen Ursachen ist für Verwahrlosung und Gewaltbereitschaft«. Für seinen eigenwilligen Erklärungsversuch erntet er Kritik von allen Seiten. Schönbohm habe wegen der getöteten Babys wohl im »Zustand emotionaler Erregung« reagiert, lässt Matthias Platzeck mitteilen. Schreckliche Verbrechen geschähen auch anderswo.

Auch Parteifreunde aus dem Osten weisen Schönbohms Worte zurück und sprechen von einer »verbalen Entgleisung«. Sachsen-Anhalts Ministerpräsident Wolfgang Böhmer (CDU) erklärt, er »sehe keinen Grund, zwischen der

Kollektivierung der Landwirtschaft und dem Umbringen der eigenen Kinder einen Zusammenhang zu finden«.

Schönbohm ist zwar in Brandenburg geboren, lebte aber bis zur Wende im Westen, wo er auf eine lange Karriere bei der Bundeswehr zurückblicken kann. 1996 wurde er Innensenator Berlins, bevor er 1999 sein Amt in Brandenburg antrat. So entschieden Politiker Schönbohm widersprechen, so deutlich wird doch die allgemeine Ratlosigkeit über das Geschehene.

Nach den Ermittlungsergebnissen und den Untersuchungen der Gerichtsmediziner sind die Babys zwischen 1988 und 1998 zur Welt gekommen. Erste DNA-Untersuchungen bestätigen die Aussage von Sabine H., dass in allen Fällen der damalige Ehemann der Vater war. Das Geschlecht der toten Säuglinge, zwei Jungen und sieben Mädchen, steht erst im November 2005 fest. Alle Indizien deuten darauf hin, dass die Neugeborenen lebensfähig waren. Woran sie starben, bleibt ungeklärt.

»Ich stehe vor einem Rätsel«, räumt Anette Bargenda kurz nach den Knochenfunden kopfschüttelnd ein. Sie hat Sabine H. auch persönlich vernommen, über Stunden, und kann es nicht verstehen. Wie die Staatsanwältin fragen sich überall in Deutschland die Menschen, wie es sein kann, dass eine Frau neunmal schwanger ist und heimlich neun Kinder gebären kann, ohne dass es jemand bemerkt. »Es ist ein Phänomen, niemand will etwas gesehen haben«, sagt Bargenda. Nicht die Familie, nicht die Nachbarn, angeblich nicht einmal der Ehemann Oliver H., von dem sie erst seit Frühjahr 2005 – nach 21 Jahren – geschieden ist. Er habe, so erzählt es Sabine H. den Kriminalbeamten, von den Kindern nichts gewusst. Aber ist es möglich, dass ein Mann, der mit seiner Frau zusammenlebt, nicht die körperlichen Veränderungen an ihr wahrnimmt, dass er nichts mitbekommt von den fast regelmäßig einsetzenden Wehen und den Geburtsschreien? Von den Spuren der Geburten? Leicht lässt sich nachrechnen, dass Sabine H. zwischen 1991 und 1998 fast ununterbrochen schwanger gewesen ist. Der Kriminalpolizei erklärt der frühere Ehemann bei seiner Vernehmung, er sei wie alle anderen auch erschüttert. »Ich hatte ja keine Ahnung«, sagt er.

Gegen Oliver H. wird erst später ermittelt. Immer wieder verhört ihn die Kriminalpolizei, die auch das Umfeld der Familie untersucht und Verwandte und Bekannte befragt. Staatsanwältin Bargenda lässt die Fahnder sogar gezielt nach alten Fotos suchen, auf denen die Frau in schwangerem Zustand zu sehen sein könnte. Doch verwertbare Hinweise, dass der Ex-Gatte oder andere Personen von den Schwangerschaften gewusst haben mussten, gibt es nicht. Alle haben nichts gesehen und nichts gehört. Das Gegenteil lässt sich nicht beweisen. Wann immer Sabine H. auf Anzeichen einer Schwangerschaft angesprochen wurde, wies sie die damit verbundene Frage zurück. Mal flapsig, wenn sie etwa dem reichlichen Essen die Schuld an der Rundlichkeit gibt, mal traurig, wenn Medikamente bei ihr angeblich unerwünschte Nebenwirkungen gezeigt hätten.

Anette Bargenda, die Staatsanwältin, ist eine bodenständige Frau, die sich nicht in die Öffentlichkeit drängt. Diesmal lässt sich das nicht vermeiden. Zu groß ist das Medieninteresse. Schon in der DDR arbeitete sie in Frankfurt (Oder) als Staatsanwältin. Sie gehört zu den wenigen ostdeutschen Juristen, die von der bundesdeutschen Justiz übernommen wurden. Die 52-Jährige, die auch von Strafverteidigern als ehrlich und fair geschätzt wird, leitet bei der Anklagebehörde in der Oderstadt die Abteilung Kapitaldelikte und ist einiges gewohnt. Doch die Details des Falls sind auch von ihr nur schwer zu verkraften.

Den Vernehmern erzählt Sabine H., sie könne sich nur an die Geburten der ersten beiden Kinder erinnern, die sie heimlich zur Welt brachte. 1988 habe sie zu spät bemerkt, dass sie ungewollt schwanger sei. Eines Nachts ist es so weit, und sie wird von den Geburtswehen überrascht. Der Mann und die drei Kinder schlafen. Nach einer Sturzgeburt im Bad wird sie ohnmächtig. Der Kopf des Neugeborenen, ein Junge, liegt im Wasser des Toilettenbeckens, als sie wieder zu sich kommt. Das Kind hat Schaum vor dem Mund, das Gesicht ist blau angelaufen. Sie legt das Kind auf den Wohnzimmertisch und betrinkt sich. Im Morgengrauen wacht sie frierend auf dem Balkon auf. Das Baby, sagt Sabine H., habe sie vorher wahrscheinlich im Aquarium begraben. »Damit fing der Teufelskreis an«, gibt sie zu Protokoll. Den Anblick könne sie nicht vergessen. »Ich sah immer wieder das blaue Gesicht vor mir, den Schaum vor den Lippen«, berichtet sie.

Drei Jahre später wird Sabine H. erneut schwanger, wieder ungewollt, und wieder verdrängt sie die Tatsache bis zum Ende. Die Geburt ist die einzige von allen neun Babys, die sich auf einen Tag datieren lässt. Sabine H. fährt hochschwanger mit dem Auto der Familie zu einem Lehrgang nach Goslar in den Harz. In einer Pension beginnen am Morgen des 5. Mai 1992, einem Dienstag, die Wehen. Lehrgangsteilnehmern erzählt sie, dass sie krank sei. Das Baby kommt am Nachmittag zur Welt. Es habe gewimmert, gesteht die Frau. »Ich habe das Kind unter die Bettdecke gelegt. Dort ist es wahrscheinlich erstickt«, heißt es im Vernehmungsprotokoll. Bei der Geburt blutet sie nach eigenen Worten »wie ein Schwein«. Als eine Kollegin nach ihr schaut, zieht sie eine Steppdecke über ihren Körper. Am nächsten Morgen fährt sie zurück an die Oder. Den Jungen, der keinen Ton mehr von sich gibt, hat sie in einen Sommermantel gewickelt. Zu Hause betrinkt sie sich mit zwei oder drei Flaschen Schnaps und verbuddelt das blutige Bündel in einer Kinderbadewanne auf dem Balkon.

Von da an, erklärt Sabine H., habe sie ein »Alkoholproblem« gehabt. Sie trinkt gegen ihre Schuldgefühle an und um zu vergessen, anfangs noch heimlich in der Küche, während ihr Mann fernsieht. Später versucht sie gar nicht mehr, den Griff zur Flasche zu verbergen. Es kommt zu heftigen Streitereien zwischen den Eheleuten. An die sieben Babys, die sie nach der Geburt in Goslar bis 1998 zur Welt bringt, kann sie sich nach eigener Aussage nicht erinnern. Immer, wenn die Wehen einsetzten, habe sie »viel Alkohol« getrunken, sei in ein »großes schwarzes Loch« gefallen und meist auf dem Balkon wieder zu sich gekommen. Die Babys seien dann »einfach weg« gewesen. Versteckt in den verschiedensten Behältnissen. Manchmal habe sie nachts stundenlang allein auf dem Balkon gesessen, direkt neben den verbuddelten Leichen. »Ich wollte meinen Kindern nahe sein«, sagt sie in ihrer Vernehmung. »Wenn ich nüchtern gewesen wäre, hätte ich die Kinder behalten.«

Warum sich weder Sabine H. noch ihr Mann jemals um Verhütung Gedanken gemacht haben, bleibt ein Rätsel. In all den Jahren geht sie nicht zum Frauenarzt, um sich die Pille oder andere Verhütungsmittel verschreiben zu lassen. Angeblich hat sie Angst, dass er die heimlichen Geburten bemerken und sie nach dem Verbleib der Kinder fragen könnte.

Nach ihrem Geständnis noch am Tag der Verhaftung gibt Sabine H. Auskunft über ihr Leben. Auch die Medien recherchieren und tragen zu dem Bild bei, das in den folgenden Wochen und Monaten Konturen annimmt. Es zeigt eine intelligente und zugleich schwache Frau, die sich immer unterordnete, die mit ihrem Leben zutiefst unglücklich war und keinen Ausweg wusste. Eine Frau mit wenigen sozialen Kontakten, gefangen in großer emotionaler Einsamkeit, mit der immerwährenden Angst, dass ihr Mann sie verlassen könnte. Die lieber Verbrechen begeht, als Hilfe zu suchen.

1965 geboren, wächst Sabine H., wie sie es selbst nennt, als »Nesthäkchen« in Frankfurt (Oder) und dem ländlichen Brieskow-Finkenheerd auf, ihre beiden Schwestern sind zehn und fünfzehn Jahre älter. Die Mutter ist Hausfrau, der Vater arbeitet auf einem Stellwerk bei der Bahn. Bis zu seinem Tod gehört er zum evangelischen Kirchenrat in dem 2700 Einwohner zählenden Dorf. Sabine H. sei eine Ruhige gewesen, ein Kind, das zwar aufgeschlossen war, sich aber zurückhielt, erinnern sich Nachbarn. Aber auch ein Kind, das sich nicht gern mitteilte, das seine Wünsche nicht artikulieren konnte. Noch mit zehn Jahren schlief es bei den Eltern. Wohl weil sie so »pflegeleicht« war, habe sie von Mutter und Vater kaum Interesse gespürt, erzählt Sabine H. über ihre Kindheit, kein positives und kein negatives. Es sei überhaupt nur wenig miteinander geredet worden, schon gar nicht über Probleme. Psychologen glauben, dass in dieser Zeit die Grundlage für das spätere verhängnisvolle Verhalten gelegt wurde.

In der Schule fällt Sabine H. das Lernen nicht schwer. Sie ist beliebt bei den Mitschülerinnen, hilfsbereit, begehrt nicht auf und ordnet sich bereitwillig unter. Die Zensuren sind gut und sie würde gern das Abitur machen, um danach zu studieren. Doch der Vater, so beschreibt es Sabine H., will nicht, dass sie die EOS, die Erweiterte Oberschule, besucht. Sie fügt sich und verlässt 1982, nach der zehnten Klasse, die Schule, beginnt ein Fachschulstudium zur Zahnarzthelferin. Es ist nicht ihr Traumberuf, doch sie ist glücklich, als sie bald nach Beginn der Ausbildung in Eisenhüttenstadt auf der Maifeier 1983 ihren ersten Freund kennenlernt. Da ist sie 17 Jahre alt. Ihr Freund, der zwei Jahre ältere Oliver H., sieht gut aus, ist eher unauffällig und leistet gerade seinen Wehrdienst bei der NVA. Vier Monate nach dem Kennenlernen wird seine Freundin schwanger. Für sie wird es ein Wunschkind, auch für ihn war die 1984 geborene Stefanie »in Ordnung«, wie Sabine H. sagt.

Nach der dreijährigen Armeezeit wechselt Oliver H., der als schweigsam und introvertiert beschrieben wird, als hauptamtlicher Mitarbeiter zur DDR-Staatssicherheit. Die führt ihn schon seit 1982 auf ihren Listen. Er hat eine Lehre als Wirtschaftskaufmann abgeschlossen und arbeitet im

Rückwärtigen Dienst. Als Dan, das zweite Kind, unterwegs ist, heiratet das Paar in kleinem Kreis. Sabines kirchentreue Eltern sind nicht glücklich über die Verbindung zwischen ihrer Tochter und dem Stasi-Mann, mit dem sie 1985 in eine Vier-Raum-Wohnung in einem neuen Plattenbau zieht – seinerzeit ein Privileg, auf das normale DDR-Bürger viele Jahre warten mussten. Doch das Hochhaus am Otto-Grotewohl-Platz in Frankfurt (Oder), heute Platz der Demokratie, erweist sich auch als Falle. Denn dort wohnen viele Stasi-Familien, zwischen denen kaum freundschaftliche Kontakte entstehen. Und Isolation kann verhängnisvoll sein.

Das dritte Kind der Familie H., Ivo, das 1986 geboren wird, kann die kriselnde Ehe nicht kitten. »Es war schon fast ein Kind zu viel«, sagt die Staatsanwältin Anette Bargenda. Der Vater, so berichten Zeugen, geht zwar liebevoll mit seinen Kindern um. Unmissverständlich gibt er seiner Frau aber zu verstehen, dass er keinen weiteren Nachwuchs dulden werde. Mehr als zwei Kinder seien bei den Stasi-Kollegen verpönt gewesen, sagt Sabine H. bei ihrer Vernehmung aus. Sie fürchtet nichts mehr, als dass ihr Mann sie verlassen könnte. »Er brachte das Geld nach Hause, er hatte das Sagen, so schilderte es die Frau«, erläutert ein Kriminalbeamter. Auf das gemeinsame Konto habe nur der Ehemann Zugriff gehabt. In ihrer Vernehmung sagt Sabine H., sie habe gehofft, dass ihr Mann die erste unerwünschte Schwangerschaft bemerken würde. »Jedermann hätte es sehen müssen, dass ich schwanger war, nicht nur sehen, auch merken.«

Im Sommer 2002 flieht Oliver H. aus der Ehe, die seit 15 Jahren nur noch nach außen besteht. Er verlässt die gemeinsame Wohnung und nimmt die drei Kinder mit. Die Alkoholexzesse seiner Frau widern ihn an. Ein Gericht spricht ihm später auch das Sorgerecht zu. Alleingelassen rutscht Sabine H. nun völlig ab. Mit mehr als vier Promille im Blut wird sie einmal an einer Straßenbahnhaltestelle aufgegriffen. Als ihre Wohnung in Eisenhüttenstadt, Rosenstraße, zwangsgeräumt werden soll, weil sie die Miete nicht mehr zahlen kann, bringt sie die Gefäße mit den Babyleichen zum Grundstück ihrer Mutter. Längst hat ihr Ehemann die Scheidung eingereicht, die im Frühjahr 2005 amtlich ist.

In der Untersuchungshaft erkrankt Sabine H. an Unterleibskrebs. Im Dezember 2005 wird sie operiert.

Auch wenn die genauen Todesumstände der neun Kinder nicht geklärt werden können, erhebt die Staatsanwaltschaft im Februar 2006 Anklage. Sabine H. soll wegen achtfachen Mordes und einer Kindstötung belangt werden. Doch die Anklage lässt sich so juristisch nicht halten. Drei Wochen später stufen die Richter der 2. Kammer des Landgerichts Frankfurt (Oder) deshalb den Tod des 1988 geborenen Kindes nach DDR-Recht als verjährt ein; die Taten werden nicht als Mord gewertet. Zugelassen wird nur eine Anklage wegen Totschlags in acht Fällen, begangen zwischen Mai 1992 und Herbst 1998.

Der Prozess beginnt am Landgericht der Oderstadt am 27. April 2006 unter großem Medienandrang. Sabine H. trägt zum Auftakt schwarze Jeans und einen weißen Pulli. Der zierlichen, nicht unsympathischen Frau sieht man die 13 Kinder, die sie geboren hat, nicht an. Sie macht Angaben zu ihrer Person, doch zu den Tatvorwürfen äußert sie sich nicht. Oliver H., ihr früherer Ehemann, der gleich zu Beginn als Zeuge geladen ist, macht von seinem Aussageverweigerungsrecht Gebrauch. Auch gegen ihn wurde ermittelt, doch Beweise, dass er etwas wusste, kann die Staatsanwaltschaft nicht finden. Der einstige Stasi-Mann war nach der Wende kurze Zeit beim Zoll untergekommen, arbeitete dann als Fliesenleger und Vertreter. Oder meldete sich arbeitslos.

Im Verlauf des Prozesses hören die Richter den psychiatrischen Gutachter Matthias Lammel, der die Angeklagte für voll schuldfähig hält. Mit ihm redete sie bereitwillig, solange es nicht um die Taten ging. Lammel schätzt Sabine H. als überdurchschnittlich intelligent ein, erkennt aber ein »gravierendes Reifedefizit«, hervorgerufen durch den zu schnellen Übergang von einem 17-jährigen, »überaus begabten Mädchen« zu einer Hausfrau mit drei Kindern. Bei den unerwünschten Schwangerschaften habe sie sich verhalten wie ein Kind, das das drohende Unheil verschweigt und zugleich hofft, die Erwachsenen mögen es doch endlich bemerken. Für abwegig hält er allerdings die Angaben der Frau, im Vollrausch unbemerkt alle Spuren einer Geburt beseitigt zu haben – in einer Vier-Raum-Wohnung, in der fünf Menschen leben. Im Zustand »alkoholbedingter Handlungsunfähigkeit« sei dies ohne eine weitere Person nicht machbar. Es fällt kein Name, doch jeder weiß, dass mit dieser Bemerkung Oliver H. gemeint ist.

Das Gericht verurteilt Sabine H. am 1. Juni 2006 zu 15 Jahren Haft wegen Totschlags durch Unterlassen in acht Fällen. Sie nimmt das Urteil ohne äußere Regung entgegen. Die Richter sind davon überzeugt, dass alle Babys nach der Geburt gelebt haben und durch Unterkühlung gestorben sind. In der Öffentlichkeit wird die Strafe sehr unterschiedlich aufgenommen.

Die Staatsanwaltschaft, die eine Verurteilung wegen Mordes wollte, und die Verteidigung legen Revision beim Bundesgerichtshof ein. Doch während die Anklagebehörde ihren Antrag nach der Lektüre der schriftlichen Urteilsbegründung zurückzieht, sieht ihr Anwalt dafür keinen Grund. Er hatte dreieinhalb Jahre Haft für angemessen gehalten. Es sei nicht sicher, dass angesichts des exzessiven Alkoholkonsums seiner Mandantin alle Kinder nach der Geburt gelebt hätten. Im April 2007 kassiert der 5. Strafsenat des BGH das Urteil zum Teil. Die obersten Strafrichter bestätigen zwar den achtfachen Totschlag, sehen aber die Frage der Schuldfähigkeit nicht für ausreichend geklärt.

Vor einer anderen Kammer des Frankfurter Landgerichts beginnt am 14. Februar 2008 der neue Prozess. Diesmal geht es nur um das Strafmaß. Vielleicht, um eine kürzere Haftzeit zu erreichen, beginnt Sabine H. überraschend zu reden. Sie erzählt nun all das öffentlich, was sie bisher nur einmal den Vernehmern berichtet hat. »Ich habe mich über jedes Kind gefreut«, sagt sie. Erinnern könne sie sich aber nur an das blau angelaufene Gesicht des 1988 geborenen Jungen. Ob sie es war, die die Babys in den Behältnissen unter der Blumenerde vergrub und die Spuren der Geburten beseitigte, wisse sie nicht. »Ich würde mich wesentlich wohler fühlen, wenn ich wüsste, was passiert ist.«

Unerwartet nach zweieinhalb Jahren Schweigen belastet sie jetzt auch ihren früheren Ehemann. »Er hat mir mal während eines Streits an den Kopf geworfen, ich solle nur nicht glauben, dass er nicht gemerkt hätte, dass ich schwanger gewesen sei«, antwortet sie auf eine entsprechende Frage ihres Anwalts. Das sei 1999 oder 2000 gewesen, als die Babys längst tot waren. Die Staatsanwaltschaft nimmt daraufhin zum zweiten Mal Ermittlungen gegen Oliver H. auf, der vor Gericht nicht viel mehr sagt, als dass er arbeitslos sei. Ihn will die Verteidigung mit auf der Anklagebank sehen. Ihren Antrag, die Verhandlungen bis zum Ende des Ermittlungsverfahrens auszusetzen, lehnt das Gericht ab. Am 7. April 2008 verurteilt es Sabine H. erneut zu 15 Jahren Haft, so wie es Staatsanwältin Anette Bargenda beantragt hatte. »Was wirklich geschehen ist, werden wir wohl nie erfahren«, sagt sie.

Ende Mai 2008 stellt die Staatsanwaltschaft die Ermittlungen gegen Oliver H. ein. Es habe sich kein hinreichender Tatverdacht ergeben, dass der Vater der neun toten Babys beim Töten der Neugeborenen behilflich war, teilt die Behörde mit.

Die Revision gegen das zweite Urteil verwirft der Bundesgerichtshof im Februar 2009. Nach dreieinhalb Jahren ist der Fall damit rechtskräftig abgeschlossen.

In der Justizvollzugsanstalt Luckau-Duben, wo Sabine H. ihre Strafe verbüßt, übernimmt sie den Warenverkauf an die

Mithäftlinge und kümmert sich um die Bibliothek. Nach Angaben ihres Anwalts erhält sie regelmäßig Besuch durch die drei erwachsenen Kinder und ihre jüngste Tochter, die bei Sabine H.s Schwester aufwächst. Bei der Verhaftung der Mutter war das Mädchen zwei Jahre alt.

Im Sommer 2015, zehn Jahre nach der Festnahme, setzt das Landgericht Cottbus die Reststrafe für Sabine H. zur Bewährung aus – bei guter Führung ein nicht unübliches Verfahren, wenn zwei Drittel der Strafe verbüßt sind. Ihr Anwalt nennt seine Mandantin, inzwischen 49 Jahre alt, eine »Vorzeige-Insassin« im Gefängnis. Sie habe Chinesisch und Malen gelernt und ein Psychologiestudium begonnen, das sie nun abschließen wolle.

Sabine H. möchte sich ein neues Leben aufbauen.

7. Mord am Pferdemädchen

Das Komplott von Lübars

Lübars, altes Westberlin, ländliche Idylle, letztes echtes Dorf der Hauptstadt. Auf fünf von sechs Bauernhöfen des Ortes stehen Pferde auf der Koppel. Christin R. liebt diese Welt. Als Schülerin verbringt sie viele freie Stunden auf einem der Gehöfte, um die Tiere zu pflegen, mit ihnen auszureiten, den Stall auszumisten. Die anstrengende Arbeit, die damit verbunden ist, scheut sie nicht. Im Gegenteil, sie will sie zu ihrem Beruf machen. Christin beginnt eine Ausbildung zur Pferdewirtin, lernt Traktor fahren und interessiert sich zunehmend auch für den Reitsport. Im Sommer 2011 trifft sie Robin H. Er ist Springreiter – und der Schwarm vieler junger, blonder Mädchen. Er kann sogar schon erste Erfolge auf dem Parcours vorweisen. Keine großen, aber immerhin. Die beiden begegnen sich im Berliner Umland, nahe Oranienburg, auf dem »Goldnebelhof«, auf dem die 20-jährige Christin lernt. Den wollen Robin H. und seine Mutter gerade für 650.000 Euro kaufen. Auf Kredit.

Christin mag den 23-Jährigen, der sich so gewandt ausdrücken kann, viel über Pferde weiß und durchaus charmant auftritt. Er macht der hübschen Berlinerin Avancen. Wenig später sind sie ein Paar. Christins Eltern und die beiden älteren Brüder sehen der romantischen Schwärmerei etwas verwundert zu. Aber die Tochter und kleine Schwester ist derart verliebt und glücklich, dass Robin schnell bei ihnen ein und aus geht. »Unser Kind strahlte einfach, wenn es mit ihm zusammen war und Pläne schmiedete«, erinnern sich die Eltern.

Der junge Mann kommt, soweit sie es beurteilen können, aus geordneten Verhältnissen. Seine Mutter ist Anlageberaterin bei einer Bausparkasse, der Vater, ein Berufssoldat, starb 2005 beim Joggen an einem Riss der Aorta. Er hat wohl etwas Geld hinterlassen. Und Robin selbst gibt sich zielstrebig und verlässlich. Seine Ideen, einen Pferdehof aufzubauen, zu züchten, Turniere zu reiten und die besten Tiere seines Hofes später gewinnbringend zu verkaufen, klingen zwar ein wenig großspurig, aber die Voraussetzungen scheinen zu stimmen. Und Robins Mutter, Cornelia H., will den Traum ihres Sohnes großzügig unterstützen. Das hat sie versprochen.

Die angehende Schwiegermutter stellt die Freundin ihres Sohnes auf dem erworbenen Hof an und wird ihre Chefin, auch wenn sie Christin den vereinbarten Lohn und die nötigen Krankenkassenbeiträge oft schuldig bleibt. »Mach dir keine Sorgen, das Geld fließt doch alles in eure Zukunft«, soll sie immer wieder versichert haben. Die drei planen gemeinsam, wie es weitergehen könnte. Mutter H. spricht mit den jungen Leuten über eine Lebensversicherung. Jeder von ihnen müsse eine solche Police abschließen und den jeweils anderen Partner als Anspruchsberechtigten einsetzen, für den Fall, dass etwas passiert.

Christin R. vertraut der gelernten Finanzberaterin und setzt ihre Unterschrift unter das Schriftstück.

Aber es gibt merkwürdige Vorfälle. Der Kredit platzt, der alte Eigentümer geht auf Distanz, und der Kaufvertrag für den Hof muss rückabgewickelt werden. Mutter und Sohn suchen nach einer neuen Variante, pachten nun ein großzügiges Anwesen in Friesack im Havelland und beginnen mit dem Umbau. Sie organisieren, Christin arbeitet. Meist ist die 20-Jährige allein auf dem Gehöft. Sie schippt Leitungsgräben, räumt den Stall aus, betreut die Tiere. Zeitweise stehen bis zu acht Fohlen und acht erwachsene Pferde in den Boxen. Christin arbeitet ohne zu murren, denn sie liebt und vertraut Robin. Es geht ja um ihre Zukunft. Ein offenes Stromkabel, das im Stall unter Stroh versteckt liegt, löst einen Kurzschluss aus, als Christin dort saubermacht. Sie bleibt unverletzt. Robin H. knüpft derweil in seiner westfälischen Heimat näheren Kontakt zu einer anderen Blondine, zu Tanja L. Auch sie hofft darauf, er würde irgendwann einmal mit ihr leben. Auch sie ist ein Pferdemädchen, vernarrt, gutgläubig. Und sie wird bald eine wichtige Rolle in Christins Leben spielen, aber das wissen die beiden noch nicht.

Ostern 2012 erschüttert ein Messerangriff Christins heile Welt. Sie war mit Robin unterwegs. Weil er angeblich schnell noch tanken fahren will, setzt er seine Freundin zu Hause ab. Christin betritt die Wohnung, will mit Robins Mutter noch einiges besprechen, aber die 56-Jährige scheint verärgert. Christin weiß nicht, was los ist. Sie wendet sich ab, hört ein Geräusch hinter sich, dann spürt sie einen Schmerz, der ihr die Luft nimmt. Cornelia H., ihre Schwiegermutter, hat mit einem Küchenmesser von schräg hinten auf sie eingestochen. Christin wehrt sich, blutet. Sie versteht nichts. In ihrer Angst ruft sie Robin an. Er beruhigt sie und fährt mit ihr in die Klinik. Dass seine Mutter schon manchmal so komische Aussetzer gehabt habe, erfährt Christin von ihm, und sie hört auch von der psychologischen Betreuung, die Frau H. bereits früher in Anspruch genommen habe. »Das war keine böse Absicht, das war ein Blackout«, soll Robin ihr versichert haben. Er werde dafür sorgen, dass so etwas nicht wieder vorkommt.

Dieselbe Geschichte erzählen Mutter und Sohn kurz darauf auch den Ärzten, die Christins Wunde versorgen, und der Polizei, die wegen Körperverletzung eingreift. Womöglich bleiben bei den Beamten sogar Zweifel an der Erklärung, doch am Ende schenken sie Robins Mutter Glauben. Die Frau scheint voller Reue über den Vorfall. Sie lassen sie nach Hause gehen. Denn wenn sie in Behandlung ist, so die Argumentation, bestehe ja im Moment keine Gefahr.

In Christin R. bleibt allerdings eine dumpfe Angst zurück. Die Sache ist ihr unheimlich. Sie kündigt ihren Arbeitsvertrag mit Cornelia H., verlässt den Ort und bezieht wieder ihr Zimmer bei den Eltern. Gegen Robin hegt sie keinen Argwohn. Die beiden sehen sich, telefonieren, bleiben beieinander. Ausdrücklich bittet Christin ihren Anwalt darum, Robin nicht mit hineinzuziehen in den Rechtsstreit gegen seine Mutter.

Dass diese Messerattacke im Frühjahr 2012 weder Blackout noch Zufall war, davon sind Polizei und Staatsanwaltschaft später fest überzeugt. Ihrer Ansicht nach hatten Mutter und Sohn – hoch verschuldet und ohne finanzielle Reserven – damals längst den Entschluss gefasst, das Pferdehof-Projekt allein zu realisieren. Aber sie brauchen Christin als »Unterpfand« für ihre Pläne. Schon in den Monaten zuvor haben sie sieben weitere Risikolebensversicherungen auf den Namen des Mädchens abgeschlossen und mit gefälschten Unterschriften versehen. Gesamtsumme im Versicherungsfall: 2,445 Millionen Euro. 2,445 Millionen, die Robin H. erhalten würde, wenn Christin etwas zustößt.

Den nun folgenden Mordversuch bemerkt Christin nicht. Sie ist Anfang Juni 2012 mit Tanja verabredet, der heimlichen Geliebten von Robin. Für Christin ist die junge Frau aus Dorsten, Nordrhein-Westfalen, nur eine Bekannte ihres Freundes, die ein Pferd kaufen will. Sie trifft sich mit Tanja. Die beiden jungen Frauen sprechen über das Tier, und sie trinken zusammen Sekt, um das geplante Geschäft zu besiegeln. Eigentlich soll Christin jetzt tot zusammenbrechen. Doch das tut sie nicht. Das Kaliumchlorid, das Tanja ihr ins Getränk mischt, wirkt nur tödlich, wenn es intravenös gespritzt wird. Tanja bekommt eine Nachricht auf ihr Handy: »Alles klar gegangen?« Der Absender ist Robin. Es wird eng. Einen vierten Anschlag zwei Wochen später überlebt das Pferdemädchen Christin R. nicht. Tanja L. spielt den Lockvogel. Am Abend des 20. Juni 2012 trifft sie sich noch einmal mit Christin, um über das Pferd sprechen. Es ist spät geworden. Die beiden Frauen begrüßen sich, wechseln ein paar Worte. Doch dann springt aus dem Gebüsch ein Mann hervor und umschlingt Christin von hinten mit einem Seil. Er reißt sie nieder, kniet auf ihr, würgt sie, sieht dem Sterben zu. Es dauert mehrere Minuten.

Christins Leiche wird am nächsten Morgen von einer Spaziergängerin mit Hund im Gebüsch gefunden. Noch am selben Tag kommt Robin H. in Haft. Sein Handy beweist, dass er sich zur Tatzeit in Christins Nähe aufhielt.

Das bestreitet der junge Mann auch gar nicht, schließlich hätten sie sich ja geliebt und wären verabredet gewesen, dort in Lübars, am Freibad. Da lebte sie noch. Mit ihrem Tod, der ihm sehr nahegehe, habe er nichts zu tun. Von da an schweigt Robin H. Er schweigt in der Untersuchungshaft, und er schweigt auch, als bald darauf Tanja festgenommen wird und ein Geständnis ablegt.

Tanja ist diejenige, die schon in ihrer ersten Vernehmung von einem Komplott spricht. Und sie erzählt, wie sie alle zusammenhängen – Robin und seine Mutter, sie und ihr Bruder und schließlich noch dessen Freund und Mitbewohner, ein Pizzabote. Sie alle fünf wären auf unterschiedliche Art an Christins Tod in Lübars beteiligt gewesen. Sohn und Mutter als Drahtzieher und Auftraggeber. Sie und die beiden Freunde als Helfer beziehungsweise Täter.

Sie schildert den Kriminalisten Details, die die anfangs nicht fassen können. Wie Robin unter der Fuchtel seiner Mutter stand, wie er ihr, Tanja, immer wieder in den Ohren gelegen habe, Christin – er nennt sie »Blondi« – müsse verschwinden. Wie er ihr das Gift überreicht habe und sauer war, als es nicht wirkte. »Das war wirklich extrem«, verrät sie. Schließlich habe Robin gefragt, ob sie nicht jemanden kenne, »der töten« könne. Tanja will Robin imponieren. Ihr fallen ihr Bruder und dessen Kumpel als mögliche Komplizen ein. Beide sind vorbestraft. Sie zeigt ihnen ein Foto des

Opfers. »Kein Problem, die sieht aus wie meine Ex«, soll Steven McA., der Pizzabote, erwidert haben, als er das Bild sah. Er ist als Killer vorgesehen. Ausgemacht werden 500 Euro für den Mord. »Diesmal muss es klappen«, trägt Robin den Tatbeteiligten per SMS auf.

So erzählt es Tanja. Sie sagt der Polizei, sie müsse sich das Ganze von der Seele reden, »sonst bleiben die Bilder im Kopf«. Ihre Angaben werden überprüft, sie scheinen schlüssig. Ein weiteres Geständnis erhalten die Beamten nicht. Lediglich Steven McA., der getötet haben soll, gibt kurzzeitig seine Beteiligung zu. Er widerruft allerdings wenig später und behauptet, dass er zwar »von dem Angebot« wusste, die Tat so aber nicht geschehen sei – Robin H. selbst hätte Christin erdrosselt, ungesehen, heimtückisch, von hinten. »Alles muss man hier selbst machen«, habe er dabei geschimpft.

Als Christin auf dem Dorffriedhof von Lübars beigesetzt wird, folgen 200 Menschen ihrem Sarg. In der Kirche, in der der Pfarrer die Trauerrede hält, ist sie getauft und konfirmiert worden. Er nennt sie »ein strahlendes, fröhliches Menschenkind«. Die Staatsanwaltschaft erhebt kurz darauf Anklage wegen gemeinschaftlichen Mordes und Mordversuchs.

Am 21. März 2013 beginnt vor dem Landgericht Berlin der Prozess gegen Robin H. und die vermeintlichen Mittäter: Neben ihrem Sohn sitzt Robins Mutter Cornelia H. auf der Anklagebank, ebenso wie Tanja L., deren Bruder Sven und dessen Kumpel. Sie schweigen. Schweigen ein Jahr lang – außer Tanja L, die vor Gericht alles genau so wiederholt, wie sie es zuvor bei der Polizei zu Protokoll gab. Als sie noch einmal davon erzählt, wie Robin sie drängte, etwas aus dem Fläschchen, das er ihr mitbrachte, in Christins Getränk zu schütten, hakt der Richter nach: Ob sie denn nicht über den Inhalt nachgedacht habe? Tanja L. überlegt. »Robin hat gesagt, die Flasche sei aus einer Apotheke. Und ich dachte, was aus einer Apotheke kommt, kann ja nichts Schlechtes sein.«

Dass sie so schlicht denkt, nimmt ihr nicht einmal der Gutachter ab, der ihre Schuldfähigkeit und ihren IQ prüft. Der läge zwar niedrig, bei lediglich 72, sagt der Psychiater. »Nur drei Prozent aller Gleichaltrigen weisen einen ähnlichen oder schlechteren Wert auf.« Das sei nahe einer geistigen Behinderung. Ihre Kindheit verlief wenig glücklich. Missbrauch, Schläge, Trunkenheit gab es immer wieder in der Familie. Deshalb mussten die Kinder ins Heim. Aber sie habe immerhin eine Lehre beendet, sei Verkäuferin geworden und nie auffällig gewesen. Auch den Sinn von Robins Frage habe sie genau verstanden. Sie sei ein einfach denkender Mensch, urteilt der Sachverständige.

Welchen Grund sollte Tanja haben, die anderen zu beschuldigen? Eifersucht? Rache am heimlichen Geliebten? Unterstellt man dafür vier Menschen, an einem Mord beteiligt zu sein? Verdächtigt sogar den eigenen Bruder? Und wie, im Detail, trug sich alles zu? Wer gab die Anweisungen? Wer drückte zu?

Wenn die 35. Große Strafkammer zu Beginn des Prozesses im Frühjahr 2013 noch die Hoffnung gehegt haben sollte, all diese Fragen und die Schuld der fünf Angeklagten wie geplant binnen eines halben Jahres aufzuklären, so erweist sich das schnell als Illusion. Dutzende Zeugen werden gehört, Ärzte gefragt, Sachverständige äußern sich zu der psychischen Verfasstheit der mutmaßlichen Täter, zu aufgefundenen Faserspuren, Handydaten, nicht mehr nachzuweisenden Giften. Und die Hauptverdächtigen schweigen weiter. Aus dem halben Jahr wird ein ganzes, und auch dann ist die Sache nicht wirklich klarer.

Als niemand mehr damit rechnet, will Robin H. plötzlich aussagen: Er spüre ja, dass ihn das bisher Ermittelte verdächtig mache, aber er sei unschuldig. Er wollte Christin überreden, mit ihm nach Westdeutschland zu ziehen, »weg von hier«. Aber sie mochte nicht. »Als ich mich an jenem Abend von ihr trennte, lebte sie noch. Sie stand am Auto und rauchte.« Er liest diese Sätze vor und bleibt dabei, dass er Christin geliebt habe, mit ihr eine Familie gründen wollte und ihr nichts antat. Er beschuldigt Tanja. »Ich hätte mich nie und nimmer auf sie einlassen dürfen.« Tanja beteuert, dass er sie angestiftet habe. Er! Aufgehetzt von seiner Mutter, die ja schon mit dem Messer versucht habe, Christin zu töten. »Alles Lüge«, kontert der Angeklagte.

Dann spricht auch Cornelia H. Sie entschuldigt sich für ihren damaligen Blackout, »die Geschichte mit dem Messer«. Sie wisse selbst nicht, was an jenem Tag mit ihr los gewesen sei. Ausführlich erzählt sie von Füchsen, Rehen und Wildschweinen, die ihr auf der Fahrt von ihrer Wohnung in Mecklenburg-Vorpommern zu Robins Haus unterwegs begegnet seien, und welchen Reiz diese Landschaft auf sie ausübte. Warum sie Christin das Messer in den Rücken rammte, sagt sie nicht. »Daran erinnere ich mich nicht.« Doch sie sah das Blut an ihren Händen. »Wo bin ich? Was ist passiert?«, will sie gerufen haben. Mehr, beteuert Cornelia H., könne sie nicht zur Aufklärung beitragen: »Die ganze Anklage ist absurd.« Sie nimmt ihren Sohn in Schutz. Das Kaliumchlorid, mit dem Christin laut Anklage vergiftet werden sollte, sei ausschließlich für die Landwirtschaft bestellt worden, als eine Art Ernährungszusatz für die Pferde. Stichworte wie Zyankali, Fingerhut, Digitalis hatten die Ermittler ebenfalls auf H.s Computer gefunden. Auch das ausschließlich für die Tiere?

Dass Robin H. offenbar nie um eine Ausrede verlegen war und auch sonst fantasievollste Geschichten erfand, bestätigen mehrere Zeugen. Tanja, die Mitangeklagte. Christins Brüder. Freunde. Vor allem aber Sabrina S., 43, eine Pferdebesitzerin, selbständige Finanzkauffrau und – glaubt man Robin – schon lange tot. Mehreren Bekannten hatte er bis ins Detail von dem tragischen Schicksal seiner krebskranken Ehefrau Sabrina erzählt. Von ihrer Krankheit, die so schnell fortschritt. Von ihrem Autounfall, bei dem sie starb.

Von ihrer Asche, die er schließlich im Meer verstreut habe. »Nein, tot bin ich nicht!«, widerspricht Sabrina S. recht lebendig dem Richter, der ihr die Story präsentiert. »Und verheiratet war ich mit ihm auch nie.« Aber sie sagt, Robin hätte »schon immer eine gestörte Beziehung zur Wahrheit« gehabt. »Er kann so schön schwindeln und sich zum Helden machen. Das imponiert den Mädels.« Vor ihr und anderen Reiterfreunden habe er mit seinen Erlebnissen als Elitesoldat geprahlt, mit seiner Zeit in Afghanistan, mit Einsätzen als Söldner. Das klang aufregend. Zumindest aufregender als das wahre Leben. »Man durfte ihm nur nicht alles glauben.«

Sabrina S., die erst aus den Medien von ihrem »Tod« erfährt, schildert Robin H. als nicht gerade intelligent, mathematisch unbegabt und schwach im Lesen und Schreiben. Doch überzeugend und mit verrückten Ideen sei er eigentlich immer aufgetreten. »Deshalb mochten ihn auch viele.« Sie eingeschlossen. Sie schickt ihm Briefe in die Untersuchungshaft mit der Bitte, er möge sich endlich helfen lassen. Sie meint: psychologisch. »Solchen Gesprächen entzog er sich gern«, erzählt Sabrina S. »Er log munter weiter.«

Trotzdem hält sie zu ihm. Sie kümmert sich, gleich als sie von dem Mordvorwurf hört, um einen Anwalt, begleicht seine Schulden, besorgt Kleidung. Der Vorsitzende Richter wundert sich darüber. Sie entgegnet: »Das ist mein Naturell. Ich helfe.«

Auch Tanja L. sagt, sie wollte Robin nur helfen. Christin hatte ihr nichts getan, sie kannte sie kaum – und doch beteiligte sich Tanja L. an dem Mord. Und wer mittut ist ein Mörder.

Am 29. Januar 2015, nach einem 22 Monate währenden Prozess, wird Tanja L. zu vierzehneinhalb Jahren Haft verurteilt. Als Kopf des hinterhältigen Komplotts sehen die Richter sie nicht. Trotzdem ist sie die zentrale Figur, das Bindeglied zwischen den anderen und Christin. Eine lebenslängliche

Strafe wäre nach dem Gesetz durchaus möglich gewesen. »Das hätten wir nicht gewollt«, sagen die Eltern der Toten. Tanja sei die Einzige, bei der sie so etwas wie Reue erkennen könnten. Sie leiden unter dem Schweigen und dem Leugnen und Abwälzen der Schuld durch die anderen, aber sie haben keinen Tag im Gerichtssaal gefehlt. »Das waren wir unserer Tochter schuldig.«

Die zeitlich befristete Haft begründen die Richter mit Tanjas Rolle als Kronzeugin, denn ohne ihre Aussage wäre eines der perfidesten Tötungsverbrechen der letzten Jahre womöglich nie aufgeklärt worden. Aber ist es aufgeklärt? Restlos?

Die 35. Große Strafkammer des Berliner Landgerichts verhängt lebenslängliche Strafen gegen Robin und Cornelia H., gegen Steven McA. und Sven L. – Anstifter, Täter und Komplize. Der Vorsitzende spricht von einer »besonderen Schwere der Schuld«, die Mutter und Sohn auf sich geladen hätten. Lebenslänglich bedeutet bei ihnen wohl wirklich lebenslang. Der Bundesgerichtshof bestätigt das Urteil 2016.

»Fürchte dich nicht, denn ich habe dich erlöst«, so lautete der Taufspruch, den der Pfarrer der kleinen Christin einst mit ins Leben gab. Beschützen konnte er sie nicht.

8. Es geschah in Potzlow

Drei Rechtsextremisten quälen Marinus Schöberl zu Tode

»Was hier passiert ist, soll nicht vergessen werden«, heißt es auf der Internetseite, mit der sich Potzlow seinen Gästen empfiehlt. Das Uckermark-Dorf mit seinen rund 600 Bewohnern, mit Brieftauben-, Angler- und Ortsverein, zählt heute zur Gemeinde Oberuckersee und wirbt für sich mit den vielfältigen Ausflugsmöglichkeiten, auf einer Fähre etwa oder zur Feldsteinkirche von Strehlow aus dem 13. Jahrhundert. Der Ort liegt direkt am Radfernweg Berlin–Usedom, im August gibt es ein Sommerkino, zu dem auch mal Stargäste wie Gojko Mitić und Tino Eisbrenner kommen, und seit einigen Jahren lädt regelmäßig im September ein »Uckermärker Bauernmarkt« zum Besuch ein. Auch Fußball wird gespielt, im Potzlower SV 49.

Doch wirkliche Schlagzeilen machte Potzlow durch das, was hier »passiert ist«: den Mord an dem 16-jährigen Schüler Marinus Schöberl im Jahr 2002. Seitdem kämpft Potzlow gegen den Ruf, gleichgültig das Geschehen hingenommen zu haben.

Am Nachmittag des 12. Juli, einem Freitag, besucht Sebastian F., ein 17 Jahre alter Auszubildender, seinen gleichaltrigen Kumpel Marcel S. in Potzlow. Die beiden Jugendlichen kennen sich von einer Bildungseinrichtung in Buckow bei Eberswalde, wo sie seit September 2001 ein Berufsvorbereitungsjahr absolvieren. Sebastian macht aus seiner rechtsextremen Haltung kein Geheimnis. Sein Schädel ist glatt rasiert, er trägt Bomberjacke und Springerstiefel. Gerade deshalb hat ihn Marcel eingeladen. Er will seinem sechs Jahre älteren Bruder Marco imponieren, den er verehrt und zugleich fürchtet. Auch Marco, der ein Hakenkreuz-Tattoo auf der Schulter trägt, lässt keinen Zweifel an seiner Gesinnung.

Er ist neun Tage vorher aus dem Gefängnis in Cottbus entlassen worden. Seine Polizeiakte ist lang. Seit Sommer 1999 saß er in Haft wegen verschiedener Straftaten, zunächst wegen Körperverletzung und Hausfriedensbruchs. Marco hatte ein junges Paar angegriffen, das an einem Haus in Potzlow zeltete. Nach einigen Monaten im Gefängnis kommt, weil der Prozess erst später beginnt, eine weitere Freiheitsstrafe wegen Diebstahls und Fahrens ohne Führerschein hinzu. Über die drei Jahre im Gefängnis redet er nicht.

Marco S. fühlt sich schon immer in der Beschützerrolle für den jüngeren Bruder. Und so ist Marcel erleichtert, dass sein Kumpel Sebastian in den Augen von Marco besteht. In einem Verhör sagt Marcel später: »Ich war rechts, weil mein Bruder auch rechts war.« Während dessen Haftzeit fährt Marcel heimlich zur Loveparade nach Berlin, nimmt Drogen. Nun hat er Entzugserscheinungen – das passt nicht in die Welt der Springerstiefel und Bomberjacken. Der schuldbewusste Marcel will nicht, dass sein Bruder davon erfährt.

Die drei Skinheads leeren im Haus der Eltern einige Flaschen Bier und hören dazu rechtsextreme Musik. Am Abend machen sich die jungen Männer auf dem Weg zu einem Nachbarn im nur einige hundert Meter entfernten Strehlow. Der Mann ist gesellig und empfängt gern Bekannte zum Trinken. Sie treffen auf der Straße Marinus Schöberl, der mit einem Freund vom Baden kommt. Auch Marinus, den die Brüder S. gut kennen, will später bei dem Nachbarn in Strehlow vorbeischauen. Der 16-Jährige ist der einzige Junge unter sieben Geschwistern, seine Schwestern umhegen ihn, er hat kurze, blondgefärbte Haare und trägt sehr weit geschnittene Hip-Hopper-Hosen. Wegen eines Sprachfehlers, er nuschelt, und Lernproblemen besucht er eine Förderschule.

Die neunköpfige Großfamilie stammt aus Sachsen-Anhalt und lebt als zugezogene mehrere Jahre in Potzlow, wo sie – bis auf Marinus – wegen ihres Kinderreichtums aber nie heimisch wird. Dann findet sie 2001 eine größere Wohnung im Nachbarort Gerswalde. Doch Marinus kommt auch danach noch immer gern nach Potzlow, wo es ein Jugendzentrum gibt und wo er Freunde hat, mit denen er trinkt und gelegentlich auf kleine Diebestouren geht. Auch mit Marcel S. versteht er sich gut. Vor allem aber lebt in dem Dorf seine Freundin Nancy. Sie haben Zukunftspläne, Marinus träumt schon von Kindern. Am Ortsrand hat er sich einen alten Bauwagen hergerichtet. Wenn er nicht nach Hause will, und das passiert nicht selten, übernachtet er dort. Vor allem jetzt in den Ferien. Seine Mutter lässt ihm diese Freiheit. Noch am Donnerstagabend, bevor er einen Tag später auf ein Bier bei dem Nachbarn vorbeischauen will, sitzt er mit Nancy und Freunden im Bauwagen zusammen. Die Nacht verbringt er aber zu Hause.

Als Marinus Schöberl mit seinem roten Mountainbike am Freitagabend auf dem Hof des Nachbarn eintrifft, sitzt dort unter einem Schleppdach schon eine angeheiterte Runde. Er kennt den Nachbarn gut, es ist Nancys Onkel. Später am Abend trinken die Brüder S., Sebastian und Marinus in der Wohnung des Onkels weiter, bis der sie rausschmeißt. Auf Marcos Vorschlag ziehen sie gegen Mitternacht weiter zu einer anderen Adresse. Marinus lässt das Rad und seinen Rucksack mit Badesachen und Handy zurück.

Die 42-jährige vom Alkohol gekennzeichnete Frau, die sie zu nächtlicher Stunde lautstark aus dem Schlaf reißen, ist als Trinkerin bekannt. Ihr Lebensgefährte will sich nicht stören lassen und bleibt im Bett. Doch die Frau und ihr Bruder, der auch dort wohnt, setzen sich mit den jugendlichen Saufkumpanen, die gewaltsam in das Haus eingedrungen sind, auf die Veranda und amüsieren sich eine Weile bei Bier und Schnaps. Irgendwann kippt die Stimmung. Marco S. wendet sich dem blondgefärbten Marinus zu und beginnt zu provozieren.

Marco ist Alkoholiker, er trinkt, seitdem er 12 Jahre alt ist. In trunkenem Zustand kann er seine Aggression nicht beherrschen. Er rastet dann aus und schlägt aus nichtigstem Anlass zu. »Im Suff ist der eine tickende Zeitbombe«, heißt es im Ort. Dort ist Marco selbst schon mehrmals verprügelt worden, zuletzt nach einem Dorffest vor wenigen Tagen von ehemaligen Kumpels, kurz nach seiner Haftentlassung. Als Kind musste er Spott über sich ergehen lassen, weil er stottert und Sätze manchmal nicht zu Ende bringen kann. Der Aufenthalt in einer Einrichtung für betreutes Wohnen, wo er den Hauptschulabschluss machen und zugleich ein berufsbegleitendes Jahr als Bauhelfer absolvieren soll, endete Anfang 1997. Betrunken hat er seinen Meister zusammengeschlagen.

Marinus solle mehr trinken, fordert Marco auf der Veranda, und Marinus trinkt, bis ihm übel wird und er nicht mehr kann. Er übergibt sich an dem Abend mehrmals. Marco schlägt dem eingeschüchterten Jungen ins Gesicht, ohne dass der sich wehrt. Marinus ist weder klein noch schmächtig, doch er unternimmt keinen Fluchtversuch. Vielleicht, weil er schon zu betrunken ist und keine Kraft mehr dazu hat. Die beiden Erwachsenen am Tisch machen keine Anstalten, einzugreifen.

Die Quälerei geht weiter, die Jungs sind in Fahrt. »Sag, dass du ein Jude bist«, brüllt Marco immer wieder. Jetzt prügelt auch Sebastian auf das Opfer ein. Einer seiner Schläge trifft Marinus so hart ins Gesicht, dass er mit seinem Stuhl nach hinten fällt. Er schreit vor Schmerzen. Sebastian zerrt den Wehrlosen vor die Tür, wo er auf ihn uriniert. Zurück auf der Veranda, »gesteht« Marinus, er sei Jude. Die Gastgeberin hat ihn bedrängt, dies zuzugeben, weil er dann Ruhe haben würde. Doch das Martyrium, das Marinus erleidet, ist noch lange nicht zu Ende. Auch Marcel drischt nun wie die beiden anderen auf Marinus ein. »Weil es alle gemacht haben«, wird er später im Verhör sagen.

Draußen dämmert es schon, als die Peiniger mit ihren Fahrrädern aufbrechen und Marinus zurücklassen. Nach kurzer Zeit kommen Marco Bedenken. Vielleicht befürchtet er, bei einer Anzeige des Opfers wieder ins Gefängnis zu müssen. Das Trio kehrt auf sein Geheiß um und findet Marinus schlafend auf einem Sofa im Haus. Er hat seine nassen Sachen ausgezogen. Sie schlagen wieder auf ihn ein; befehlen ihm, seine grüne Hose falsch herum anzuziehen. Marco lässt Marinus, der nicht mit will und hilflos weint, auf die Stange des Fahrrads steigen. Sie fahren den Weg Richtung Schweinestall, der nicht mehr genutzt wird. Er wollte Marinus noch »etwas Angst einjagen«, soll Marco laut den Ermittlungen der Polizei gesagt haben.

Am Schweinestall klettert die Gruppe über einen Zaun. Marinus sträubt sich, in das langgestreckte Gebäude zu gehen. Doch die Schläge, die auf ihn einprasseln, sein Gesicht und seinen Magen treffen, brechen den zaghaften Widerstand des Gepeinigten. Die völlig enthemmten Täter treiben Marinus durch den Stall. Am gegenüberliegenden Ende verlangt Marcel, Marinus solle am Boden in die Kante eines Futtertrogs beißen.

Der jüngere der Brüder, so gibt er später zu, erinnert sich in diesem Moment an eine ähnliche Szene aus dem Film *American History X*, den er im Fernsehen gesehen hat. Das Filmopfer, ein Schwarzer, stirbt durch den »Bordsteinkick«. Unklar ist, ob auch die beiden anderen den Film kennen und wissen, was nun geschehen wird.

Marinus, der am Boden kniet, beißt in den Trogrand, richtet sich noch einmal auf, steckt weitere Faustschläge ein. Er muss schon heftig geblutet haben, als er wieder mit seinen Zähnen in die Betonkante beißen soll. Diesen Moment nutzt Marcel, um wie im Film »mit beiden Beinen mit voller Wucht auf den fixierten Hinterkopf von Marinus« zu springen, wie es später in der Anklageschrift heißen wird. Marinus kippt blutend und im Gesicht entstellt zur Seite.

Doch aus dem entstellten Gesicht kommen noch Atemgeräusche. Ihn könne man »jetzt keinem Arzt mehr vorstellen«, erklärt Marco. Mit seinem Bruder sucht er »nach einem passenden Gegenstand, mit dem wir Marinus töten können«, wie Marcel im Verhör aussagt. Im Nebenstall findet der Jüngere einen weißen Gasbetonstein, kommt damit zurück. Er hebt den Stein und wirft ihn mit Wucht auf Marinus' Kopf. Er wirft ein zweites Mal. Marco greift nach dem leblosen Arm des Opfers, um den Puls zu suchen. Er kann kein Lebenszeichen mehr ausmachen.

An der Jauchegrube im Stall graben Marcel und Sebastian ein Loch, in das Marcel und Marco die Leiche werfen. Die Blutlache an der Stelle, wo Marinus starb, decken sie mit Kies ab. Auf ihren Rädern fahren sie zum Haus der Familie S., beratschlagen sich und gehen schlafen. Die Brüder stecken vorher noch ihre Sachen in die Waschmaschine. Draußen ist es hell geworden.

Noch am selben Tag reist Sebastian F. zurück nach Templin, wo er am Abend in der Wohnung seiner schwangeren Freundin eintrifft. Er heult und geht zeitig ins Bett.

Die Suche nach Marinus beginnt erst nach einigen Tagen. Seine Eltern glauben, dass er in Potzlow übernachtet. Die Mutter, Birgit Schöberl, versucht am Montag, ihn über sein Handy zu erreichen. Sie macht sich aber noch keine großen Sorgen. Im Jugendzentrum wartet eine Sozialarbeiterin auf Marinus, der an diesem Tag die Kellerräume streichen wollte – als Wiedergutmachung, weil Marinus mit anderen Jugendlichen einige Tage zuvor in den Räumen randaliert hatte. Marinus' Vater fragt am Dienstag erfolglos bei Dorfbewohnern in Potzlow nach dem Verbleib seines Sohnes. Er erkundigt sich auch bei Mitschülern in Templin.

Einige Tage später sitzt Nancy mit Freunden in dem Bauwagen am Ortsrand. Sie diskutieren, wo Marinus abgeblieben sein könnte. Auch eine Schwester des Vermissten ist gekommen. Überraschend gesellt sich Marcel S. zu der Gruppe. Er nimmt neben der Schwester Platz und erkundigt sich bei ihr, ob Marinus wieder aufgetaucht sei.

Erst nach fast zwei Wochen geben die Eltern eine Vermisstenanzeige auf. Die Polizei befragt Anwohner in Potzlow. Niemand will etwas gesehen oder gehört, niemand bemerkt haben, wie die betrunkenen Jugendlichen durch den Ort zogen. Selbst die, die am Anfang der Sauftour am 12. Juli dabei waren, erzählen nichts von Marinus. Die Beamten kommen auch zu Marco und Marcel nach Hause. Die Brüder erklären, dass Marinus vielleicht mit einem geklauten Auto zu einer Schwester nach Bayern gefahren sei. So haben sie es vorher abgesprochen. Diese Variante halten die Beamten für glaubhaft. »Marinus Schöberl kann auch gestohlene Kfz fahren«, heißt es einige Wochen später in der Suchanzeige der Polizei, die eine Regionalzeitung veröffentlicht und in der auch auf die Lese- und Schreibschwäche des Jungen hingewiesen wird. Seine Freundin Nancy gibt nicht auf und erkundigt sich immer wieder bei Freunden und Bekannten. Marinus bleibt verschwunden.

Noch bevor die Leiche gefunden wird, schlägt Marco S. wieder zu. Mit einigen Kumpels zeltet er Mitte August an einem See in der Uckermark. Zu dritt fahren sie nachts durch Prenzlau. Aus ihrem Golf, den sie einem Kumpel entwendet haben, sehen sie in der Innenstadt einen Schwarzafrikaner. Der Asylbewerber Neil Duwhite, der Freunden beim Tapezieren ihrer neuen Wohnung geholfen hat, wird von einem Neonazi bedrängt, den Marco kennt. Er und seine Begleiter, darunter eine junge Frau, halten an und zögern nicht lange. Abwechselnd schlagen sie dem 33-jährigen Mann aus Sierra Leone ins Gesicht, bis er zu Boden geht. Mehrmals versucht er aufzustehen und wegzulaufen. Die Angreifer treten mit Füßen auf ihn ein, bis er sich kaum noch bewegen kann.

Eine Stunde später nimmt die Polizei die vier Täter in einem Park fest. Er könne Schwarze nicht leiden, sagt Marco den Beamten auf der Polizeiwache. Im Oktober 2002, die Leiche von Marinus Schöberl ist noch immer nicht entdeckt, verurteilt das Amtsgericht Prenzlau den vorbestraften Marco S. zu drei Jahren Haft, unter anderem wegen vorsätzlicher Körperverletzung und »unbefugten Gebrauchs eines Kraftfahrzeugs«.

Ende Oktober nimmt Marcel, der Jüngere, seine Ausbildung in Buckow wieder auf. Das Verbrechen lässt ihm keine Ruhe. Einem Kumpel erzählt er abends beim Bier, dass er einen »Assi« totgeschlagen habe. Auch anderen Azubis berichtet er dies in den nächsten Tagen, doch keiner nimmt ihn ernst. Mitte November, vier Monate nach der Mordnacht, prahlt er mit seiner Tat im Jugendzentrum von Potzlow. Er wettet mit zwei Jugendlichen um 20 Euro, dass er wisse, wo sich Marinus befindet. Zum Beweis schiebt Marcel kurz danach im Schweinestall mit einer Axt den Morast in der Jauchegrube beiseite. Im Licht der Taschenlampe wird ein Schädel sichtbar. Andere Jugendliche erfahren am nächsten Tag davon und schauen selbst vorbei. Erst dann bekommt die Polizei einen Hinweis. Mindestens acht Menschen, so wird später berichtet, sollen bis dahin von dem Mord gewusst haben.

Die Polizei verhaftet Marcel S. in Buckow. Auch Sebastian F., der zwischenzeitlich einen Praktikumsplatz in Templin erhalten hat, kommt am selben Tag in Haft. Die Verhöre machen die Beamten fassungslos. »Wie ein Kindergartenkind, das sich freut, etwas mitteilen zu können, hat Marcel erzählt«, berichtet der Ermittlungsrichter. Der Staatsanwalt sieht »keine Gefühlsregung, keine Tränen«. Marco S., der in der Haft mit dem Mordvorwurf konfrontiert wird, verweigert die Aussage.

Die wahrscheinlich grausamste rechtsextreme Gewalttat nach der Wiedervereinigung beschäftigt bundesweit die Medien. Auch international macht sie Schlagzeilen. Kaum einer der Dorfbewohner will sich öffentlich zu dem Mord äußern. Das Kamerateam eines Privatsenders soll den Jugendlichen, die den Leichnam in der Jauchegrube freilegten, Geld für das Nachstellen der Situation geboten haben.

Anfang Dezember wird Marinus Schöberl in Gerswalde beigesetzt. Johannes Reimer, der Pfarrer von Potzlow, findet klare Worte: »Marinus ist von unmenschlichen Kreaturen zu Tode gesteinigt worden, deren Feind die Sprache, die Liebe, das Leben war und wohl weiter sein wird.« Der Pfarrer kümmert sich auch darum, dass am 31. Oktober 2003 in Potzlow ein Gedenkstein für das Opfer aufgestellt wird. Viele Einwohner halten ihn für einen Nestbeschmutzer, weil er immer wieder dazu auffordert, die Verantwortung für das Geschehene auch im Dorf zu suchen.

Der Prozess gegen die drei Angeklagten beginnt am 26. Mai 2003 vor der Jugendstrafkammer im Saal 2 des Landgerichts Neuruppin. Die Eltern der Brüder S. konnten zwei sehr erfahrene Anwälte für die Verteidigung ihrer Söhne gewinnen. Marco wird von Matthias Schöneburg vertreten, dessen Bruder Volkmar – einige Jahre später, von 2009 bis 2013, Justizminister in Brandenburg – vertritt Marcel. Volkmar Schöneburg beklagt, in dem Dorf fehlten »zivilisatorische Standards«. Niemanden habe es belastet, den Rucksack, das Handy und das Fahrrad von Marinus zu finden. »Die Werte, die wir für selbstverständlich halten, sind dort gar nicht vorhanden.«

Die Brüder sagen nicht viel während der Verhandlung. Teilgeständnisse lassen sie durch ihre Anwälte verlesen. Für Sebastian F. gibt die Richterin Mia Becher das halbherzige Geständnis wieder: »Ich weiß nicht, warum ich das machte, ich habe einfach mitgemacht.«

Marco, der Älteste, kann der Verhandlung nur bedingt folgen. Ein psychologischer Gutachter bescheinigt ihm eine erhebliche Intelligenzminderung und schließt wegen seiner Alkoholkrankheit eine verminderte Schuldfähigkeit nicht aus. Die Steuerungsfähigkeit sei bei allen drei Angeklagten deutlich eingeschränkt gewesen, erklärt der Sachverständige weiter.

Damit will sich die Staatsanwältin nicht zufrieden geben. »Das ist ein Fall, der sprengt in seiner Grausigkeit wirklich alles, was man kennt«, sagt sie. Die Angeklagten »hatten Spaß an der Misshandlung des körperlich und vermeintlich auch geistig unterlegenen Opfers«. Mehr als 40 Zeugen sagen während der Verhandlung aus.

In seinem Urteil, das am 23. Oktober 2003 ergeht, geht das Gericht nicht von einem gemeinsam geplanten Mord aus, so wie es die Staatsanwältin sieht. Sie fordert für Marco eine lebenslange Haft, für Marcel und Sebastian nach Jugendstrafrecht zehn Jahre beziehungsweise neun Jahre und acht Monate. Ein gemeinsamer Tatplan habe nur darin bestanden, ihrem Opfer im Schweinestall Angst einjagen zu wollen, sagt Mia Becher, die Richterin.

Marcel S., dessen Sprung die beiden anderen Angeklagten nicht hätten voraussehen können, muss wegen Mordes und gefährlicher Körperverletzung nach dem Jugendstrafrecht für achteinhalb Jahre ins Gefängnis. Sein mehrfach vorbestrafter Bruder Marco erhält wegen versuchten Mordes, gefährlicher Körperverletzung und Nötigung eine Gefängnisstrafe von 15 Jahren. Wegen seines Alters kann das Jugendstrafrecht nicht mehr angewendet werden. Der dritte Täter, Sebastian F., ist nicht vorbestraft. Er kommt mit einer Strafe von zwei Jahren davon. Das Gericht hebt seinen Haftbefehl auf, da er bereits fast ein Jahr in Untersuchungshaft gesessen hat.

Am selben Tag, an dem die Urteile verkündet werden, stirbt die Mutter von Marinus Schöberl in Schwedt an einem Krebsleiden.

Gegen die Urteile legt die Staatsanwaltschaft Revision ein. Der Bundesgerichtshof folgt den Anträgen nur zum Teil und verlangt im August 2004, dass Sebastian F. nicht nur wegen Körperverletzung, sondern wegen Körperverletzung mit Todesfolge zu verurteilen sei. Das Oberste Gericht bestätigt aber die Haftstrafe für Marcel S.: »Angesichts beträchtlicher psychischer Defekte dieses Angeklagten« sowie seines Geständnisses dürfe die Höchststrafe von zehn Jahren unterschritten werden. Bei seinem »grenzdebilen und persönlichkeitsgestörten« älteren Bruder Marco scheide eine lebenslange Freiheitsstrafe aus. Bei ihm müsse das Landgericht allerdings noch entscheiden, ob er in der Sicherungsverwahrung oder in einer Entziehungsanstalt unterzubringen sei.

Am 21. Dezember 2004 erhöht die 1. Große Strafkammer des Landgerichts Neuruppin die Jugendhaftstrafe für Sebastian F. auf drei Jahre. Marco S. muss in einer geschlossenen Entziehungsanstalt untergebracht werden, wo sein Alkoholproblem therapiert werden soll.

Mit dem Verbrechen beschäftigen sich in den Jahren danach mehrere Kunstprojekte. Für Aufsehen sorgt der Dokumentarfilmer Andres Veiel, der mit Gesine Schmidt, Dramaturgin am Berliner Maxim Gorki Theater, ein dokumentarisches Theaterstück auf die Bühne bringen will. Dafür betreiben sie eine penible Recherche. Sie sichten nicht nur Dokumente und Vernehmungsprotokolle, sondern reisen ab 2004 mehr als vierzigmal nach Potzlow, bringen Angehörige von Marinus, Freunde, Bekannte und Dorfbewohner dazu, mit ihnen zu sprechen. Vor allem schaffen sie es aber, dass auch Marco und – nach einigem Zögern – Marcel ausführlich über sich und die Tat reden. Sebastian F. verweigert sich. Aus 1500 Interviewseiten entstehen 2005 das Theaterstück *Der Kick* und ein gleichnamiger Film, später auch ein Buch.

Sechs Jahre nach dem Mord kommt Sebastian F., der die rechtsextreme Szene nicht verlassen hat, erneut in Haft. In Templin verletzt er zwei Männer mit Faustschlägen und zeigt den Hitlergruß. Wegen dieser und anderer Delikte verurteilt ihn das Amtsgericht Prenzlau zu zwei Jahren und fünf Monaten Gefängnis.

Der Haupttäter Marcel S. verbüßte seine Strafe in der Justizvollzugsanstalt Wriezen. Ende Oktober 2010 verlässt er vorzeitig – nach acht Jahren – das Gefängnis. Ihm wird eine »positive Entwicklung« bescheinigt. Der 25-Jährige ist einer von drei Protagonisten, die der niederländische Dokumentarfilmer Daniel Abma nach ihrer Haftentlassung über längere Zeit begleitet. Abma, der an der Filmhochschule »Konrad Wolf« in Potsdam-Babelsberg studierte, stellt seinen Film *Nach Wriezen* 2012 vor. »Marcel hat sich während seiner Haftstrafe intensiv mit seiner Tat auseinandergesetzt«, berichtet Abma. »In unserem Film sagt er, dass er durch die Haft und die Therapien ein anderer Mensch geworden sei.«

9. Einverstanden, E.H.

Der Ripper von Magdeburg

Peter A. – es ist ein Allerweltsname, der sich hinter dem Kürzel verbirgt. Nichts verrät die wahre Identität des Mannes. Trotzdem gibt es Geschichten über ihn zu lesen und Fernsehfilme zu sehen, in denen er umbenannt wurde. Denn seit 2008 lebt Peter A. alias Jürgen S. oder womöglich unter einem noch anderen Namen nach vollständiger Verbüßung einer langen Strafe wieder als ganz normaler Bürger in einer ganz normalen Stadt. Er hat in der Haft Therapien absolviert, eine Berufsausbildung abgeschlossen und Anspruch auf einen Neuanfang. Melanie J. hatte diese Chance nicht.

Als die Polizei in Brandenburg/Havel am 22. März 1995 eine Vermisstenanzeige aufnimmt, kann sie noch nicht wissen, dass sie damit Teil einer Ermittlung wird, die weit in die Geschichte der untergegangenen DDR hineinreicht. Roswitha J. ist soeben völlig aufgelöst auf der Wache erschienen, weil sie sich Sorgen um ihre 16-jährige Tochter Melanie macht. Die Schülerin ist übers Wochenende nicht nach Hause gekommen. Auch Melanies Freund, ein Bundeswehrsoldat, hat das Mädchen nicht gesehen. Die beiden wollten sich treffen, aber er erhielt keinen Ausgang. Bei ihrer Suche hört Roswitha J., dass Melanie mit einem älteren Mann in einer Kneipe gesehen worden ist. Sie erfährt sogar den Namen des Mannes und stellt ihn zur Rede. Doch der will von nichts wissen. »Irgendwie hatte ich ein so mulmiges Gefühl«, sagt die Mutter später. »Es war, als ob mir jemand die Kehle zuschnürt.«

Vier Tage später geht nachts ein anonymer Anruf bei der Polizei ein. Eine männliche Person verkündet mit heiserer Stimme, dass das vermisste Mädchen tot sei. Die Beamten prüfen nun erneut den Hinweis auf die Gaststättenbekanntschaft. Diesmal bestreitet der Mittvierziger mit dem schütteren Haar ihre Begegnung auch gar nicht. Aber nachdem Melanie und er länger miteinander geredet hätten, sei sie los. »Ich weiß nicht, wo sie hinwollte«, sagt der Mann. »Auf jeden Fall hat sie meine Wohnung verlassen.« So steht es im Protokoll. Die Frage, ob etwas dran sei an dem Verdacht, er könne sie getötet haben, beantwortet der Beschuldigte empört mit den Worten: »Das ist Humbug!« Eine Handhabe gegen Peter A. besitzen die Beamten zu diesem Zeitpunkt nicht. Sie lassen ihn gehen. Doch ein Privatdetektiv, von der Mutter beauftragt, ermittelt weiter und setzt A. unter Druck.

Melanies Leiche wird wenig später auf einer ehemaligen Militärbrache nahe ihrer Heimatstadt Brandenburg zwischen Müll und Gerümpel gefunden. Der Mann, der sie tötete, warf sie einfach weg. Peter A. gesteht die Tat und führt die Polizisten an die Stelle, an der er ihren Körper versteckte. Er sagt, dass er sich nach körperliche Nähe gesehnt hatte, dass Melanie ihm Hoffnungen machte, ihm nahe schien, doch als er dann nicht in der Lage war, mit ihr zu schlafen, da habe sie ihn »ausgelacht« und »beleidigt«. Ein Versager zu sein, das kann der verletzte Mann nicht verkraften: »Ich habe sie gewürgt und mit der Whiskyflasche zugeschlagen.« Als Melanie stirbt, kennt er sie gerade ein paar Stunden.

Die Potsdamer Richter, die gegen Peter A. verhandeln, lassen den Mordvorwurf fallen, denn ob der versuchte Sex einvernehmlich geschah oder nicht, lässt sich im Nachhinein nicht klären. Auch ob Peter A. im Affekt zugeschlagen hat oder mit dem Tod des Mädchens womöglich eine Vergewaltigung vertuschen wollte, ist ungeklärt. Verurteilt wird er wegen Totschlags, das Gericht bleibt mit den verhängten 13 Jahren Haft zwei Jahre unter der für dieses Verbrechen möglichen Höchststrafe. Er verbüßt sie in verschiedenen Gefängnissen der Bundesrepublik, nicht nur in Brandenburg, dem Bundesland, in dem er zuvor schon einmal im Zuchthaus saß. Achtzehn Jahre lang.

Peter A. hat ein Vorleben voller Gewalt und blutiger Exzesse, aber das kommt 1995 während des Potsdamer Prozesses nicht gleich zur Sprache. Niemand scheint zu wissen, dass hier ein zum Tode Verurteilter auf der Anklagebank sitzt, der bereits 1974 in der DDR durch Genickschuss sterben sollte. Die wenigen Menschen, die den Fall kennen, glauben, dass die Hinrichtung vollzogen wurde. Anfangs gibt es nur vage Hinweise, dann titeln die ersten Zeitungen: »Melanie – sie ist schon sein 3. Opfer!« Die Zahl stimmt nicht, aber sie löst Nachforschungen aus. Ein Magdeburger Journalist recherchiert, der alte Fall aus DDR-Zeiten wird erwähnt, und es dauert nicht lange, bis schließlich ein schlagzeilentauglicher Name die Runde macht: »Der Ripper von Magdeburg«. Von dieser Vorgeschichte hat die Polizei, als sie am 22. März 1995 die Vermisstenanzeige aufnimmt, nicht die leiseste Ahnung.

Es gibt immer wieder Straftäter, für deren extreme Verbrechen die Mitmenschen keine Worte finden. Schnell werden für sie ebenso anschauliche wie grausige Bezeichnungen ersonnen – »Der Kannibale von Rothenburg«, »Das Ungeheuer vom Schwarzwald«, »Die Schwarze Witwe«, »Der Totmacher«. Peter A. ist der »Ripper von Magdeburg«, obwohl das Verbrechen, das ihm diesen Namen eintrug, nie richtig publik wurde. Es liegt inzwischen 40 Jahre zurück. Die breite Öffentlichkeit hat davon nichts erfahren. Oder fast nichts. Natürlich gab es auch in der DDR Schwerverbrecher – Räuber, Mörder, Kinderschänder, Vergewaltiger. Doch ihre Taten fanden sich in den Medien selten beschrieben. Auch zum Mordfall »Ilona J. und andere« enthalten die Archive nur kurze, inhaltsleere offizielle Meldungen. Dabei stand Peter A. 1974 wegen besonders brutaler Morde vor Gericht: Drei junge Leute starben, getötet mit annähernd

200 Messerstichen, » regelrecht hingemetzelt«, wie es ein Augenzeuge beschrieb.

Für die Justiz und Polizei war A. schon damals, mit 18, kein Unbekannter. Eine Familie, so sagt er selbst, kenne er nicht. Als kleiner Junge soll er jähzornig gewesen sein, ist in Jugendamtsakten vermerkt, sie nennen ihn »aggressiv« und »auffällig«. Die Mutter gibt ihn früh weg. Er durchleidet Heime und Jahre in Jugendwerkhöfen, die sogenannte Schwererziehbare bändigen sollen. Immerhin schafft er den Abschluss der 10. Klasse. Doch die Härte, die er in diesen Einrichtungen erlebt, nimmt er mit in sein junges Erwachsenenleben. Als die Mutter ihn nach seiner Entlassung aus dem Werkhof nicht einmal sehen will, sondern dem Stiefvater aufträgt, ihn noch vor der Tür wegzuschicken, zieht Peter A. ein Messer und sticht ihn nieder. Er kommt das erste Mal ins Gefängnis. Seine Freundin Ilona hält zu ihm und wartet.

Ein Jahr später ist Peter A. wieder frei. Er hat Glück. Die DDR feiert Geburtstag und amnestiert Straftäter. Der inzwischen 19-Jährige erhält in Magdeburg eine Arbeit als Elektroschweißer zugeteilt und zieht mit Ilona zusammen. Sie ist der einzige Mensch, glaubt er, der ihn versteht. Aber das Paar streitet sich. Er begeht kleinere Diebstähle, prügelt sich, sie drängt auf ein straffreies Leben. Sie will keinen Freund haben, der immer mit einem Bein im Knast steht. Außerdem kennt sie da einen anderen. Ob Peter A. das ahnt, ist nicht bekannt. Doch Ilona braucht Abstand. Sie sucht vorübergehend Unterkunft bei ihrer Freundin Ingrid, einer jungen Mutter. Peter A. will Ilona zurückgewinnen. Hilft ihr beim Möbeltragen. Er feiert mit ihr, Ingrid und Ingrids Vater am Abend des 23. Februar 1973 sogar gemeinsam. Dann erscheint plötzlich Frank, Ilonas Liebschaft. Peter A. wird misstrauisch, die Stimmung kippt, Ingrids Vater nötigt die jungen Männer zum Aufbruch. Wenig später kehrt Peter A. zurück, er hat nun ein Messer dabei. Frank, der die Wohnung nur kurz verlassen hatte, öffnet angeblich nackt die Tür.

Das Blutbad, das die von Nachbarn alarmierten Polizisten am nächsten Tag in dem Wohnhaus am Südring vorfinden, sprengt die Vorstellungskraft. Selbst erfahrene Ermittler geben zu Protokoll, so etwas noch nicht gesehen zu haben. Und sie entdecken an verschiedenen Stellen der Wohnung die Leichen der drei jungen Leute, mit denen Peter A. am Vorabend noch zusammen war: Ilona J., Ingrid R. und Frank L. – 17, 23 und 21 Jahre alt. Alle drei sind erstochen worden, alle drei sind verblutet. Einzelne Bekleidungsstücke des Täters finden Polizisten einen Straßenzug entfernt im Müll. Die Sache scheint klar. Die Volkspolizei geht bei der Fahndung nach Peter A. sogar mit seinem vollen Namen und seiner Adresse an die Öffentlichkeit, sie kennzeichnet ihn so: »1,70 bis 1,75 m groß, schlanke Gestalt, etwas breite Backenknochen, unruhige Augen, sehr blasses Gesicht.« Der Gesuchte ist schnell gefasst. Bei seiner Festnahme leistet er keinen Widerstand. Drei Monate hielt seine Freiheit.

Peter A. räumt ein, das Trio aus Wut und Eifersucht erstochen zu haben. Auch die vorgefundenen Spuren stützen seine Darstellung. Der Prozess vor dem 3. Strafsenat des Bezirksgerichts Magdeburg dauert keine Woche. Peter A., der keine Reue, keine Regung zeigt, der sich eiskalt gibt und dessen Augen einem Angst machen – so beschreiben es Zeugen –, ist für die DDR-Justiz spätestens jetzt ein hoffnungsloser Fall. Der Täter, heißt es, habe sich »jenseits der Gesellschaft gestellt«. Mit der Generalstaatsanwaltschaft in Berlin wird das Strafmaß abgestimmt. Das Gericht fällt am 11. Februar 1974 seine Entscheidung: Tod durch Erschießen.

Peter A. ist 20 Jahre alt, als die Todesstrafe gegen ihn ausgesprochen wird. Ein Heranwachsender nach heutigem Recht. Noch nicht in dem Maße zu bestrafen wie ein Erwachsener. Das Strafgesetzbuch der Bundesrepublik macht da einen Unterschied: Die mögliche Höchststrafe für Mord beträgt bei bis zu 21-Jährigen, die nach Jugendstrafrecht verurteilt werden, zehn Jahre Haft. Erwachsene können lebenslang ins

Gefängnis kommen. Das DDR-Recht traf diese Unterscheidung nicht. Und bis ins Jahr 1987 hinein existierte für besonders schwere Delikte wie Kriegsverbrechen oder Mord, aber auch für das, was unter politische Kriminalität fiel wie Hochverrat oder Spionage, sogar die Todesstrafe. Das letzte Todesurteil vollstreckte die DDR-Justiz am 26. Juni 1981; der Stasi-Hauptmann Werner Teske war wegen Spionage verurteilt worden. Insgesamt sind mehr als 220 Todesurteile verhängt, mindestens 160 Menschen hingerichtet worden. Sie starben durch das Fallbeil oder später in der Leipziger Arndtstraße durch den »unerwarteten Nahschuss in den Hinterkopf«. Als sogenannte Anatomieleichen endeten die meisten von ihnen auf dem nahen Südfriedhof – eingeäschert und anonym vergraben.

Dieses Schicksal droht 1974 auch Peter A. Er kämpft dagegen an, doch seine Berufung wird abgelehnt. Nun widerruft er sein Geständnis, schwächt es ab und beantragt beim Obersten Gericht eine Überprüfung seiner Straftat. Das Schreiben fällt in eine für ihn politisch günstige Zeit: Die UNO hat bei der DDR-Regierung gerade Informationen über die Strafpraxis des neuen Vollmitglieds angefordert, insbesondere über die Todesstrafe. Die Staats- und Parteiführung will ihr jüngst gewonnenes internationales Ansehen nicht gefährden. Für Fälle wie den von Peter A. ergeht die Weisung, sie intern wieder aufzurollen. Beweise sollen neu gesichtet, Bewertungen kontrolliert werden.

Und plötzlich zeigen sich Ungereimtheiten in den Ermittlungen zum Mord an Ilona J. und ihren Freunden. Die korrigierte Aussage von Peter A., er habe nur Frank getötet und die beiden Frauen seien zuvor von dem ermordet worden, klingt zwar unwahrscheinlich, aber nicht unmöglich. Interne Protokolle, die später auch einem Reporterteam vorliegen, das den Fall »Der Ripper von Magdeburg« als Dokumentation für die ARD aufbereitet, belegen, dass diese Tatversion durchaus denkbar ist. Die Ersterminttler haben einige Spuren möglicherweise falsch interpretiert. Auf den Kleidungsstücken aus dem Müll, die Peter A. bei der Messerattacke getragen hat, finden die Kriminaltechniker bei der Überprüfung nun nur noch Blutreste von Frank, dem Nebenbuhler, und sie können sich das nicht erklären. Auch die Tatwaffe bleibt verschwunden.

Diese Beweislücke rettet Peter A. das Leben: Mit seiner Einverständnis-Signatur »E. H.« genehmigt SED-Parteichef Erich Honecker ein Gnadengesuch und die sofortige Umwandlung des Urteils »Todesstrafe« in »lebenslänglich«. Der Staatsrat beschließt die Begnadigung. Das gesiegelte Schriftstück über die Aufhebung des Todesurteils trägt das Datum vom 24. September 1974. Erst zwei Monate später erfährt der Häftling in seiner Zelle davon. Von nun an wendet er sich häufiger an die Partei- und Staatsführung und bittet um seine Freilassung. Doch die wird jedes Mal abgelehnt, zuletzt im Frühjahr 1989.

Und wieder ist es ein politisches Ereignis, dem Peter A. seine Freiheit verdankt: die Wiedervereinigung. 18 Jahre Haft liegen hinter ihm, als er im April 1991 endgültig entlassen wird – in die Bundesrepublik Deutschland. Es gilt Bundesrecht, auch für Peter A. Und nach diesen Gesetzen hätte der zum Tatzeitpunkt noch fast Jugendliche für den Mord oder die Morde nicht länger als zehn Jahre Haft verbüßen dürfen.

Peter A. ist ein freier Mann. Er bleibt in Brandenburg/Havel, der Stadt, in deren Zuchthaus er so lange einsaß. Zu lange, nach bundesdeutschem Recht. Zu lange auch, um mit dem gänzlich neuen Leben klarzukommen. Er hat keine Familie und außerhalb des Knasts keine Freunde. Immer sind es sehr junge Mädchen, mit denen er auf der Straße gesehen wird. Keine Bekanntschaft ist von Dauer. Er lässt sich mit den Prostituierten eines Bordells fotografieren, in dem er zeitweise als Hausmeister arbeitet. Normalität ist anders.

Vielleicht hatte ja auch Melanie J., die Brandenburger

Schülerin, die am 19. März 1995 auf Peter A. traf, nur Mitleid mit dem so einsam wirkenden 42-jährigen Mann, als sie ihm aus einer Kneipe in seine Wohnung folgte. Kurz darauf war sie tot.

10. Der Rosa Riese

Sexualstraftäter tötet fünf Frauen

Täter, die über längere Zeit Polizei und Öffentlichkeit beschäftigen, werden in den Medien gern mit markanten Namen belegt. Sie stehen häufig für eine Auffälligkeit oder das Merkmal eines Gesuchten oder Verurteilten, die manchmal verblüffend klar das Besondere an ihm beschreiben. Das Verbrechen oder die Verbrechensserie, um die es geht, ist dann auf Dauer mit genau diesem Namen verbunden. So wie bei Wolfgang S., der als »Rosa Riese« in die Kriminalgeschichte einging.

Die 51-jährige Edeltraud N. ist kurz vor der Wende in der DDR sein erstes Opfer. Sie steckt am Nachmittag des 24. Oktober 1989, einem Dienstag, Tulpenzwiebeln in die Erde ihres Grundstücks in Deetz, einem kleinen Dorf bei Brandenburg/Havel. Vielleicht bemerkt sie den Mann, der in den Bungalow geht. Er will dem Drang, der ihn schon so lange beherrscht, nicht länger widerstehen – er sucht nach Damenwäsche. Doch im Flur der Hütte überrascht ihn die Eigentümerin. »Mistsau, Schwein«, brüllt sie ihn an. Mit einem Hammer schlägt der Täter auf den Kopf seines Opfers ein, erdrosselt es dann. Er vergeht sich an der toten Frau. Die Leiche wickelt er in eine gelbe Decke, Brüste und Unterleib sind entkleidet. Die Spurensucher finden später viele Blutspritzer und eine mit Kot beschmierte Kerze. Gesichert wird auch der Abdruck eines Armeestiefels in Übergröße. Die Spur, so wird sich später zeigen, hätte bereits damals zum Täter führen können, denn Uniformierte mit solchen Schuhgrößen werden in der DDR erfasst. Aber auf der Liste, die der Militärstaatsanwalt der Kriminalpolizei übergibt, fehlt der Mörder. Eine Panne. Die Ermittler ahnen nicht, dass sie am Anfang einer beispiellosen Mordserie stehen.

In Verdacht gerät der Ehemann. Er nimmt sich fünf Monate später, im März 1990, mit einem Pflanzenschutzmittel das Leben. Der Fall scheint geklärt.

Noch im selben Frühjahr, am 25. Mai 1990, finden Polizisten auf einer Deponie in Ferch bei Potsdam die Leiche der 54 Jahre alten Christa N. Sie wurde mit einem Kabel erdrosselt. Der mutmaßliche Mörder hat sich an der Toten sexuell befriedigt, bestätigt die Obduktion. Darauf, dass er die mit Kot verunreinigte Damenunterwäsche, die neben dem Opfer verstreut gefunden wird, mitgebracht hat, kommen die Polizisten nicht sofort. Die Frau lebte am Rande der Deponie in einem Wohnwagen, in den sie nach der Trennung von ihrem Mann vorübergehend gezogen war.

Ein weiteres Opfer, Edith W., die der Täter wenige Wochen später bei Brandenburg/Havel angreift, überlebt wahrscheinlich nur durch Zufall. Die Frau, Mitte 50, sucht im Juni auf der Müllkippe in Wust nach Gegenständen, die noch zu gebrauchen sind – kurz vor der Einführung der D-Mark landet viel auf dem Müll. Ein Mann überwältigt die Frau, würgt sie und schlägt mit einem Pfahl auf sie ein. Er lässt von der Schwerverletzten ab, als ein Motorgeräusch sich nähert. Hilfreiche Aussagen kann sie nicht machen.

Neun Monate vergehen, bevor der Täter auf sein nächstes Opfer stößt. Die 34-jährige Köchin Inge F. aus Potsdam läuft am 13. März 1991 durch den Wald zwischen Borkheide und Neuendorf bei Beelitz. Sie hat sich mit ihrem Mann gestritten und danach eine Freundin besucht. Gegen 18 Uhr muss die kräftig gebaute Frau ihrem Vergewaltiger und Mörder begegnet sein, der mit einem Messer auf sie losgeht und ihre Halsschlagader verletzt. Erst nach mehr als einer Woche wird die mit Moos und Kiefernzweigen bedeckte Leiche in einer Schonung entdeckt. Sie trägt Dessous, die ihr nicht gehören. Auch um sie herum sind Wäschestücke drapiert. Der Zusammenhang zu den vorangegangenen Verbrechen ist nicht mehr zu übersehen. Eine Sonderkommission soll die Fälle klären.

Der Täter lässt nun zwischen den Überfällen nicht mehr viel Zeit verstreichen. Am 22. März 1991, nur neun Tage liegt die vorangegangene Tat zurück, ist Tamara P., 44 Jahre alte Ehefrau eines Chefarztes im sowjetischen Militärhospital Beelitz-Heilstätten, mit ihrem Baby Stanislaw im Wald unweit des Hospitals unterwegs, als sie auf ihren Mörder trifft. Er versucht, die Frau in den Wald zu ziehen. Als der drei Monate alte Säugling zu schreien beginnt, zerschmettert der Angreifer den Kopf des Babys an einer Baumwurzel und knebelt die kreischende Mutter mit einem Büstenhalter. Er erdrosselt die Russin und vergeht sich an der Leiche. Neben dem Opfer, das flüchtig mit Zweigen bedeckt ist, hinterlässt er einen rosafarbenen Rock. Auch die Militärstaatsanwaltschaft der UdSSR ermittelt. Die sowjetischen Streitkräfte informieren die Polizei in Potsdam angeblich, dass noch eine andere russische Frau bei Beelitz überfallen worden sei. Sie habe überlebt. Einzelheiten werden nicht bekannt.

Insbesondere für die Boulevardzeitungen, die nach dem Mauerfall Ostdeutschland medial erobern, ist die bizarre Mordserie *das* Thema. Für die Bevölkerung, die in der DDR üblicherweise nur in Kurzmeldungen von selbst ungewöhnlichen Verbrechen in Kenntnis gesetzt wurde, sind kurz nach der Wende reißerische Berichte über die unglaubliche Grausamkeit der »Bestie von Beelitz« neu. In der südwestlich von Berlin gelegenen Region, die durch Spargelanbau bekannt geworden ist, breiten sich Angst und Schrecken aus.

Der Druck auf die Polizei wächst sprunghaft, als am Abend des 5. April 1991, einem Freitag, in einem Waldstück bei Sputendorf unweit von Ludwigsfelde ein Mann mit einem Messer auf zwei zwölfjährige Mädchen losgeht. Jana W. und Jana H. wollen sich ein totes Reh ansehen, das eines der Kinder entdeckt hatte. Plötzlich sehen sie 20 Meter vor sich den Mann, der auf sie zukommt und wortlos zusticht. Sie wehren sich in ihrer Todesangst, schreien laut und zerkratzen das Gesicht des Angreifers. Als eines der Mädchen flüchten kann, rennt er in den Wald. Schwerverletzt kommen die Kinder in ein Krankenhaus, wo sie unter strengem Polizeischutz stehen. Unter ihren Fingernägeln sichern die Kriminalisten Hautreste. Die Schülerinnen können den Täter gut beschreiben: Jung sei er, groß und blond. Den Aussagen der Mädchen zufolge trug der Mann über einem lilafarbenen Jogginganzug eine geblümte Kittelschürze. Anderthalb Jahre nach dem ersten Mord entsteht nun erstmals ein Phantombild. Es wird überall verteilt, das Fahndungsplakat klebt an Schulen, Bahnhöfen und Bushaltestellen. Es zeigt ein schmales Gesicht mit strähnigen, nach hinten gekämmten Haaren. Der Mann trägt einen Schnauzbart.

Beim Absuchen der Umgebung des Tatorts stoßen die Ermittler auf eine Lagerstätte, in der sie unter anderem den Jogginganzug, einen Rucksack und reichlich Damenunterwäsche finden. Ähnliche Depots mit Pornoheften und Kleidungsstücken legte der Täter auch bei seinen Morden im März an. Die Kriminalpolizei warnt Frauen und Mädchen eindringlich davor, allein in den Wäldern südlich von Potsdam spazieren zu gehen. Die Ermittler können den Überfall auf die Kinder genau rekonstruieren. »Er schleppte Säcke voller Damenwäsche in das Wäldchen. Dann entzündete er Kerzen und sah sich Pornohefte an. Plötzlich tauchten die Mädchen auf«, erzählt Polizeisprecher Geert Piorkowski. »Er handelt völlig wahllos. Wer ihm in der Erregungsphase zu nahe kommt, ist dran.« Auf eine heiße Spur kann die Polizei noch nicht verweisen.

Spezialisten sind noch dabei, die beiden Mädchen im Krankenhaus zu befragen, da schlägt der Serienmörder erneut zu. Am 5. April, nur wenige Stunden nach dem Überfall von Sputendorf, dringt er in das abseits gelegene Haus der 66-jährigen Talita B. in Fichtenwalde ein. Die Rentnerin lebt allein, deshalb wird sie erst fast zwei Wochen später vermisst. Ein Neffe findet sie tot auf, umgeben von Damenwäsche. Die Obduktion ergibt, dass die Frau erwürgt wurde. Danach habe sich der Täter an der Leiche vergangen.

Die Eltern einer jungen Frau aus Busendorf machen die Polizei darauf aufmerksam, dass der Verlobte ihrer Tochter Christine dem Phantombild ähnlich sieht. Das Pärchen wohnt mit in ihrem Haus. Die Ermittler, die von einer Flut von Hinweisen überrollt werden, messen dem Tipp aber wohl keine besondere Bedeutung zu. In den folgenden Wochen und Monaten muss die Polizei rund 1100 Verdächtigungen nachgehen. In vielen Fällen werden einfach nur missliebige Nachbarn oder Arbeitskollegen bezichtigt.

In der Region südwestlich Berlins grassiert die Angst. Gruppen von Männern suchen abends und nachts in den Wäldern auf eigene Faust nach dem Täter, auch wenn die Polizei davon abrät. In Uniform und in Zivil geht sie dort selbst auf Streife und findet an mehreren Stellen kleine Nester mit Wäschestücken. Wilde Gerüchte machen die Runde. Fichtenwaldes Bürgermeister Werner Höhn berichtet einem Zeitungsreporter, der »Mörder komme nur bei Dämmerung, nie am Mittwoch, meistens am Wochenende«. Er sagt, der Hass auf alles Fremde habe zugenommen, er richte sich auch gegen die 4000 Datschenbewohner im Ort. »Wir sind nicht in der Lage, Unbekannte sofort zu erkennen.«

Auch wenn die Ermittlungen nicht vorankommen wollen, ist sich die inzwischen 48-köpfige Sonderkommission sicher, dass es sich bei allen Verbrechen um denselben Täter handelt. Soko-Chef Volker Kelm weist darauf hin, dass der offenbar psychisch schwer gestörte Täter seine Handlungen »nur schlecht oder gar nicht steuern kann«. Gegen 25 bis 30 Männer richte sich ein »vager Verdacht«, teilt die Potsdamer Staatsanwaltschaft Ende April mit. Deren Alibis würden jetzt überprüft. Auf Hinweise, die zur Ergreifung des Täters führen, sind 20.000 Mark Belohnung ausgesetzt.

Die Mördersuche beschäftigt Brandenburg. Doch es dauert noch bis zum 1. August, ehe ein Zufall den Kriminalbeamten zu Hilfe kommt. Zwei Joggern – vielleicht sind sie auch Kopfgeldjäger – fällt in einer Schonung ein seltsamer Mann auf, der unter einer Tarnjacke Damenwäsche trägt und onaniert. Die Freizeitsportler können den Hünen festhalten und einer Polizeistreife übergeben. Wolfgang S., der Gesuchte, habe »wie erleichtert« gewirkt, heißt es später. Doch ist es ihm peinlich, in seinem Outfit festgenommen zu werden. »Wären wir den Hinweisen der Verwandten intensiver nachgegangen, hätten wir den Mann womöglich schon etwas früher gehabt«, räumt ein Ermittler ein.

Der 24-Jährige, der dem Phantombild ähnlich sieht, ist kooperativ. Er gesteht schon nach kurzer Zeit, fünf Frauen und den Säugling getötet zu haben, er gesteht die Überfälle, er gesteht alles. »Es gibt nicht den geringsten Zweifel, dass es sich um den langgesuchten Täter handelt«, sagt der Soko-Chef. »Er hat uns Einzelheiten erzählt, die nur der Mörder kennen kann.«

Die Medien fallen in das Dörfchen Rädel ein, nicht einmal 20 Häuser groß. Dort ist Wolfgang S. aufgewachsen und dort wohnte er auch wieder seit Mai mit seiner Verlobten Christine. Er war 18, als er 1985 das damals 13-jährige Mädchen kennenlernte. Das Haus der künftigen Schwiegereltern im Nachbarort Busendorf, wo er einige Zeit lebte, hatte S. nach einem Streit verlassen. Wochenlang bedrängen Reporter die Einwohner in Rädel, um noch irgendeine Kleinigkeit aus dem Leben des 1,90 Meter großen Mannes zu erfahren. Er sei ein Einzelgänger, der immer höflich grüßte, aber nie viel sprach, erzählen die Dorfbewohner. »Frisiert, im Anzug und in seiner freundlichen Art könnte man ihn für einen Versicherungsvertreter halten«, beschreibt ihn ein Staatsanwalt.

S. verließ die Schule bereits nach der 8. Klasse. Er wird Kranfahrer. Frühere Mitschüler berichten von einem auffälligen Vorleben. Bei ihnen galt er als ausländerfeindlich und rechtsradikal. Weil er sich angeblich vor der Wehrpflicht in der NVA drücken wollte, bewarb er sich bei der Bereitschaftspolizei – kasernierten Einheiten, die formal dem DDR-Innenministerium unterstanden. 1989 wird er aus dem Dienst unehrenhaft entlassen, als Vorgesetzte erfahren, dass er Hitlers 100. Geburtstag in seinem Kalender angekreuzt hat. »Aus Jux«, wie S. sagt. Freunde und er reden sich manchmal auch mit NS-Diensträngen an. Bei der Durchsuchung seines Zimmers stoßen Kollegen auf Frauenwäsche. Nach dem Rausschmiss arbeitet er bei einer Tankstelle und als Transportarbeiter im Stahl- und Walzwerk Brandenburg, wird aber wegen Diebstahls von Dieselkraftstoff fristlos gefeuert. Probleme soll es auch bei seiner nächsten Arbeitsstelle, einer LPG, gegeben haben. Wie es heißt, habe er betrunken schon mal die eigene Wohnung demoliert.

Als bekannt wird, dass Christine, die Verlobte, schwanger ist, kennen einige Blätter keine Grenzen mehr. Das nur im Osten erscheinende (und inzwischen eingestellte) Massenblatt *Super!* etwa spricht von ihr als »Braut der Bestie« und veröffentlicht ein Nacktfoto der 19-Jährigen auf der Titelseite. Unter der Schlagzeile »Die letzte Liebesnacht« berichtet die Zeitung über intimste Details der Beziehung – freilich nicht ohne Zutun der jungen Frau, die nach Recherchen der Tageszeitung *taz* noch im August einen Arbeitsplatz als Sekretärin bei *Super!* erhält. Gerüchten zufolge sollen Christine zudem 15.000 bis 30.000 Mark Honorar gezahlt worden sein. Unter dem Druck der Medien lässt sie das Kind abtreiben.

Im Potsdamer Bezirksgericht, Saal 116, beginnt am 20. Oktober 1991 der Prozess gegen Wolfgang S. Aus Sicherheitsgründen sitzt er hinter einer Glasscheibe. 2200 Seiten umfasst die Anklageschrift. Der Vorsitzende Richter

Hans-Walter Ehrenstein ist eigens für die Verhandlung von Köln nach Potsdam entsandt worden – die Justiz im Osten befindet sich kurz nach der Wende noch im Umbruch. Das Gericht muss vor allem klären, ob der Angeklagte ins Gefängnis kommt oder in die Psychiatrie. Wolfgang S. will aussagen, doch er beruft sich immer wieder auf Erinnerungslücken. Manche entscheidenden Details aus den Vernehmungen bei der Polizei stellt er jetzt anders dar. So habe sich das Baby der von ihm ermordeten sowjetischen Offiziersfrau tödlich verletzt, als es aus dem umgestürzten Kinderwagen gefallen sei. Ein Gutachter schließt dies jedoch aus.

Der Mann, der den Prozess meist mit gesenktem Kopf auf der Anklagebank verfolgt, erzählt von seiner Kindheit, von seinen, wie er selbst sagt, »abartigen sexuellen Praktiken«. Mit sieben Jahren habe er erstmals Vergnügen dabei empfunden, Damenwäsche zu tragen, sie wie ein Baby zu bekoten und in sie zu urinieren. Als seine Mutter ihn dabei ertappt, setzt es Ohrfeigen und Stubenarrest. »Ich habe meine Mutter gehasst«, sagt S. Immer wieder habe sie die Hand gegen ihn erhoben. »Frauen waren für mich deshalb Feinde, etwas Böses.« Nur seine Freundin Christine sieht er als Ausnahme. »Die war gut.«

Der Heranwachsende beginnt, wie der Richter notiert, schon als Kind ein perfekt verheimlichtes Doppelleben zu führen. Er sammelt Wäschestücke auf Mülldeponien ein, um sich damit Befriedigung zu verschaffen. Der Drang wächst, den krankhaften Sexualtrieb mit einer Frau zu teilen. Der unheilvolle Kreislauf Müllkippe – Wäsche – Suche nach einer »weiblichen Person, die diese Handlungen mit mir durchführt«, wie S. es formuliert, wird zum Ritual und steigert sich zur Sucht. In der Praxis, wenn es dazu kommt, wehren sich die Frauen oder laufen weg. Er will sie beruhigen – und tötet sie grausam. Stets erst dann vergeht er sich an den zufällig ausgewählten Opfern, will aber nicht wahrhaben, dass sie tot sind. »Für mich leben sie immer noch«, sagt er vor Gericht.

Der forensische Psychiater Wilfried Rasch, dem S. sich völlig geöffnet hat, kann keine Geisteskrankheit feststellen und auch keine hirnorganische Persönlichkeitsveränderung. Er bescheinigt ihm allerdings ein »eingeschränktes Steuerungsvermögen« und hält ihn deshalb für vermindert schuldfähig. Einer der Pflichtverteidiger sieht die Steuerungsfähigkeit seines Mandanten sogar völlig aufgehoben.

Nur sechs Wochen dauert der Prozess. Das Gericht folgt dem Psychiater und verurteilt Wolfgang S. am 30. November 1992 wegen fünffachen Mordes und zweifachen Mordversuchs zu 15 Jahren Haft. Zugleich wird er in eine geschlossene Anstalt, den Maßregelvollzug, eingewiesen. Ob er jemals geheilt werden kann, ist unklar. »Das Ausmaß seiner Abartigkeit ist einzigartig«, sagt Richter Ehrenstein. Er sei nach wie vor eine Gefahr für die Allgemeinheit. Der Mutter von S. macht der Richter ausdrücklich keine Vorwürfe. Der Fall des »Rosa Riesen« ist abgeschlossen.

Doch Wolfgang S., Patient im Maßregelvollzug für psychisch kranke Straftäter, ist die Aufmerksamkeit der Medien und auch der Kultur auf Lebenszeit gewiss. Im November 1995 bringt die Dramatikerin Anna Langhoff vom Berliner Ensemble das Theaterstück *Schmidt Deutschland – Der Rosa Riese* auf die Bühne des Stadttheaters Luckenwalde. In der Kritik findet das Projekt, das die »Bestie« als Menschen zeigen will, aber wenig Anklang. Ihre Inszenierung wirke »wie der Versuch, vom Sensationsrummel um den Frauenmörder zu profitieren«, schreibt die *Berliner Zeitung*.

Für ein Porträt (»Besuch bei einem Frauenmörder«) lässt sich S. erstmals fünf Jahre nach seiner Verurteilung in der Klinik in Brandenburg/Havel interviewen, von einem NDR-Filmteam. Nach der Ausstrahlung der Sendung am 4. Dezember 1997 in der ARD hagelt es Proteste von Zuschauern, die nicht verstehen, dass einem Mörder so viel Raum eingeräumt wird. Die Dokumentation zeigt einen Mann mit blonden Locken und Frauensachen, der sich schminkt, die Fingernägel lackiert und über eine Geschlechtsumwandlung nachdenkt. »Heute weiß ich, dass die Frauen tot sind«, sagt er in die Kamera, vielleicht um zu beweisen, dass seine Therapie Erfolge zeigt. Man sieht ihn mit Kuscheltieren im Arm auf einem Sofa sitzen und im weißen Hochzeitskleid über den Flur tänzeln.

Der Autor Lucas Maria Böhmer kann die Aufregung über den zu nächtlicher Stunde gezeigten Film nicht nachvollziehen. »Nur durch die Beschäftigung mit dem Täter kommt man den Verbrechen doch näher«, sagt er. Hinterbliebene haben es von vornherein abgelehnt, sich an der Dokumentation über Schuld und Verantwortung zu beteiligen.

Bald darauf stellt S. Anträge auf Geschlechtsumwandlung und Namensänderung. Ein Personenstandsrichter genehmigt 2009 den neuen Namen – der Patient darf sich jetzt offiziell Beate S. nennen. Ein Foto zeigt ihn mit schulterlangen blonden Locken; Mitgefangene rufen ihn angeblich »Babsi«. Er will auch biologisch vom Wolfgang zur Beate werden und schluckt Hormone. In der *Bild*-Zeitung verkündet Beate: »Mein größter Stolz sind zurzeit meine Brüste.« Er – oder sie? – trage gern Röcke, Blusen und Stöckelschuhe. »Es fehlt nur noch die Geschlechtsumwandlung.« Experten befürchten allerdings, dass der »Rosa Riese« nur zur Frau werden will, um aus dem Maßregelvollzug entlassen zu werden. Im Internet kursieren Fotos, die ihn im Bikini und behängt mit Damenschmuck zeigen.

Im Sommer 2010 nimmt die Staatsanwaltschaft Potsdam neue Ermittlungen gegen den Verurteilten auf. Er wird verdächtigt, in der Klinik eine junge Frau, Jasmin F., vergewaltigt zu haben. Sie soll danach versucht haben, Rasierklingen zu schlucken. Mit einer Notoperation konnte sie gerettet werden. Die Vorwürfe gegen S. lassen sich aber nicht erhärten. Besonders bizarr: Jasmin F. war einst selbst ein Mann und kam 17-jährig als Jens F. nach einer Vergewaltigung ins Gefängnis. Weil er dort versuchte, eine Psychologin zu missbrauchen, wurde er in den Maßregelvollzug eingewiesen.

Erste Anzeichen, dass der Serienmörder Wolfgang S. nicht für immer hinter Gittern bleiben muss, werden 2013 bekannt. Sein Maßregelvollzug wird gelockert. Dies gilt allgemein als Vorstufe einer Entlassung. Zu bestimmten Zeiten darf er sich – begleitet von Mitarbeitern der Einrichtung – auf dem frei zugänglichen Klinikgelände bewegen. Und er wird regelmäßig zu einer ambulanten Östrogentherapie in eine Berliner Spezialklinik gefahren.

11. Mit oder ohne Teufel

Der sogenannte Satansmord von Sondershausen

Hendrik, Sebastian und Andreas, 17, sind Freunde, der harte Kern einer Clique. Sie gehen in benachbarte Gymnasien, machen seit einer Weile gemeinsam Musik in der Band »Absurd« und ergötzen sich an ziemlich blutrünstigen Filmen und Videospielen. Das tun Jugendliche in ihrem Alter öfter. Alle drei stammen aus gediegenen Verhältnissen. Das Abitur ist nur noch ein paar Leistungskurse und Prüfungen entfernt. Ihre Eltern – Lehrer, Landtagsabgeordnete, Erzieher – achten auf christliche Werte und Liberalität in der Erziehung, setzen auf Vertrauen im Umgang mit den Halbwüchsigen. Sie sind in ihrer thüringischen Heimatstadt Sondershausen einigermaßen unbeschadet durch die Umbruchszeit, durch die Wende in ihrem Land gekommen, das sich 1989/90 binnen weniger Monate in einem neuen politischen System wiederfand. Hendrik wird später in einem Fernsehinterview davon erzählen, wie die drei es erlebten, dass das, was Lehrer ihnen gestern noch einprägten, heute schon nicht mehr stimmte, und dass sie nicht wussten, wie es morgen aussähe. »Da ging viel kaputt, und wir glaubten nicht mehr alles.« Hunderttausende Gleichaltrige mussten damals mit dieser Unsicherheit klarkommen, die meisten mit schlechteren Voraussetzungen.

Hendrik, Sebastian und Andreas indes sind zu Mördern geworden. Sie töten am 29. April 1993 einen Mitschüler – den 15-jährigen Sandro Beyer, einen eher schüchternen Einzelgänger, der in seinen Gefühlen der Clique gegenüber hin- und hergerissen ist. Mal verabscheut, mal bewundert er sie: Sie, die Älteren, die Wortgewandten, die immer Auffälligen. Sie kleiden sich schwarz, schminken sich weiß und tragen »I am God«-Aufschriften auf dem T-Shirt. In der Stadt haben sie den Ruf einer Satansbande weg, weil sie auf dem Friedhof schwarze Messen feiern und Black Metal spielen. Dass sie sich so cool zeigen, imponiert Sandro. Er sucht Anschluss, aber das Trio verachtet ihn nur. Für sie ist er ein Spast, ein Schleimer, ein Nichts. Sandro leidet unter dieser Ablehnung. So sehr, dass er angeblich sogar damit droht, allerlei Geheimnisse über die drei auszuplaudern: Sie würden heimlich auf dem Index stehende Gewaltvideos kopieren und verhökern, das wisse er aus eigener Erfahrung. Und einer von ihnen, Sebastian, habe sogar die Katechetin, eine verheiratete Frau, geschwängert.

Nicht nur in einer Kleinstadt wie Sondershausen machen sich solche Vorwürfe gegen Gymnasiasten und ihre angesehenen Familien nicht gut. Und erpressen lassen sie sich schon gar nicht. Die Freunde sinnen auf Rache, der Ton wird härter. Sie nutzen die Schülerzeitung, um mit »Normalos« wie Sandro abzurechnen. Wie gewohnt provoziert Hendrik: »Tod – süßer Gedanke, lockende Versuchung, holde Tat« schreibt er. »Wir wünschen den Tod! Und zwar allen Lebewesen.« Es fällt sogar Sandros Name. »Zu uns gehört nur, wen wir anerkennen und tolerieren und wer sich zu uns bekennt. Sandro gehört definitiv nicht zu uns. No Chance!« Er warnt den Jüngeren, er solle sich in Acht nehmen, den Mund halten und keine Gerüchte streuen. Schließlich wendet er sich an alle: »Also beherzigt meine Worte und Ihr lebt vielleicht noch ein wenig länger. Vielleicht …« Viele, die das lesen, sind entsetzt. Andere halten Hendrik schlicht für einen Spinner. Konsequenzen ergeben sich nicht.

Außer für Sandro. Ihm stellen die drei am 29. April 1993 eine Falle. Mit einem Zettel, der Sandro zu einem abendlichen Treffen mit einem Mädchen einlädt – »20 Uhr am Rondell, J.« –, locken sie den Jungen, der ihnen lästig geworden ist, hinaus in den stadtnahen Wald, auf eine Anhöhe mit einem Kriegerdenkmal. Ganz in der Nähe besitzen Hendriks Eltern eine Waldhütte, eine Wochenenddatsche. Hier soll Sandro erfahren, wie sie über ihn denken. Sie wollen ihn einschüchtern, das auf jeden Fall. Ob sie schon planen, ihn zu töten, lässt sich später nicht mehr klären. Sie fangen ihn im Wald ab, das Mädchen erscheint natürlich nicht, und sie, die wirklich Harten, die Weltverächter und Ignoranten, überreden ihn, mit ins Haus zu kommen. Sie setzen ihn in einen Schaukelstuhl mit braunen Kissen. Vielleicht hofft Sandro in diesem Moment sogar noch, sie würden sich versöhnen. Doch dann schlingt einer der drei dem 15-Jährigen ein Elektrokabel um den Hals und versucht, ihm das Genick zu brechen. »Um Sandro Angst zu machen«, behaupten sie später. Es sei »ein tragischer Unfall« gewesen.

In jener Nacht im Wald aber gehen sie bis zum Äußersten entschlossen gegen Sandro vor. Als er schreit, sich wehrt und um sein Leben barmt, er ihnen sogar Geld dafür anbietet, dass sie ihn verschonen – da wollen sie es zu Ende bringen. Ein lebendes Opfer ist ein schlechtes Opfer, es würde ihr Leben zerstören. Anders können Sebastian, Hendrik und Andreas an diesem Punkt nicht mehr denken. Sie fesseln Sandro, sehen ihn leiden, spüren seine Todesangst und ziehen die Schlinge um seinen Hals endgültig zu. Den toten Körper des Jungen wickeln sie in ein Laken und zerren ihn aus dem Haus. In einer Baugrube nebenan verscharren sie Sandro schließlich. Hendrik sagt später, sie hätten mit ihm so viel Mitgefühl gehabt wie mit einer Fliege.

Sechs Tage lang suchen Sandros Eltern nach ihrem Sohn, der doch nur kurz zu einer Verabredung mit einem Mädchen ans Rondell wollte und sonst verabredungsgemäß spätestens um 22 Uhr zu Hause ist. Auch die Polizei findet zunächst keine Spuren. Es sind die Eltern, die den ersten Fund machen: das blutverschmierte T-Shirt von Sandro, in einem Gebäude mit zerbrochenen Fensterscheiben, oberhalb des

Wochenendgrundstücks. Das Haus ist chaotisch zugerichtet. Sandro selbst bleibt verschwunden. Die Polizei geht jetzt von einem Verbrechen aus. Sie hört von den Gerüchten und den Anfeindungen gegen Sandro. Kurz nacheinander werden Hendrik, Andreas und Sebastian festgenommen. Einer nach dem anderen gesteht. Sie übergeben der Polizei eine Skizze, wo die Beamten Sandro finden können. Hendrik benutzt das Wort »Unfall«.

Das Verbrechen ist schnell aufgeklärt, doch es ist nur ein Teil der unheilvollen Geschichte. In ihrem ARD-Film *Der Satansmord – Tod eines Schülers* lässt die Autorin Ulrike Baur Kriminalisten zu Wort kommen, den Jugendpfarrer, eine Freundin der Jungen, die Mutter des Opfers. Man vernimmt Sebastians Stimme auf einem Tonband der Ermittler, hört, wie er kühl und genau Sandros Sterben beschreibt, wie er sagt, »Sandro nervte«. Eingeblendet sind Liedtexte der Band »Absurd«, die die Freunde ein Jahr zuvor als Schülerband gegründet hatten. Sie liegen nun wie ein Menetekel über den Bildern des Verbrechens:

Niemand weiß, wer ich wirklich bin
Niemand hält das Böse auf
Niemand weiß, dass ich ein Werwolf bin
Und das Grauen nimmt seinen Lauf.

Im Wald hört niemand der Opfer Schrei
Wieder ist die grausige Tat vollbracht! Ha!
Der Toten letzte Worte waren: Gott steh mit bei
Und der Vollmond scheint in finstrer Nacht.

Welche Bedeutung kann man im Nachhinein in solche Zeilen legen? Offenbaren sie mehr als jugendlichen Protest, Narzissmus, Arroganz, satanisches Gehabe, Größenwahn?

Wie weit ist es von hier zu einer faschistoiden Überzeugung? Sebastian textet, Hendrik spielt Schlagzeug und nennt sich auf den ersten »Absurd«-Veröffentlichungen Randall Flagg. Als Vorbild dient eine Figur aus Stephen Kings Roman *The Stand – Das letzte Gefecht*. Flagg ist darin der düstere Charakter, der in Las Vegas einen totalitären Staat gründet. Das klingt noch harmlos. »Aber es stimmt schon: Als etwas Besseres, etwas Elitäres haben sich Hendrik und die anderen immer gefühlt«, erzählt ein Mädchen, das den 17-Jährigen damals nahe war. Und das dann mitverfolgt, wie sich eine anfangs eher unterschwellige Faszination des Bösen als Geisteshaltung in den Freunden festsetzt und sie zu Feinden alles »Schwachen«, alles »Unwerten« werden lässt.

Die Reporter Liane von Billerbeck und Frank Nordhausen gehen in ihrem Buch *Der Satansmord von Sondershausen* noch weiter. Sie verfolgen die Spuren der Täter in der Haft und über die Haftzeit hinaus. Mit einem von ihnen, Hendrik M., können sie ein langes Interview führen, und er macht kein Geheimnis aus seiner nationalsozialistischen Gesinnung. Direkt nach der Tat aber und noch zu Prozessbeginn verlieren sich die Medien lieber in Formulierungen wie »Kinder des Teufels«, »Im Namen von Luzifer« oder »Satanischer Blutrausch«. Sie sind griffiger.

Das Landgericht Mühlhausen, das Hendrik M. und Sebastian S. am 9. Februar 1994 wegen gemeinschaftlich begangenen Mordes zu einer Jugendstrafe von je acht Jahren, Mittäter Andreas K. zu sechs Jahren Jugendhaft verurteilt, erwähnt zwar die »wahnhaften Vorstellungen« der drei, ihre Beschäftigung mit dem Satanismus, die gewaltverherrlichenden Spiele. »Wir sind davon überzeugt, dass die Tat ohne diesen Hintergrund nicht möglich gewesen wäre.« Einen satanischen Ritualmord aber wollen die Richter in der Tat nicht sehen. »Das wäre zu einfach.« Ein Sektenpfarrer nennt das Gebaren der Gymnasiasten Mickymaus-Satanismus. »Ganz egal, aus welchen Motiven Sie sich damit beschäftigten«, spricht der Vorsitzende die drei Angeklagten an, »Sie haben die Achtung vor dem Menschen, vor seiner Würde verloren.« Gleichzeitig sagt er, dass ihnen trotzdem ein Neuanfang möglich sein muss. Sein Urteil fällt vielen Beobachtern zu mild aus.

Hendrik, Sebastian und Andreas bleiben, auch wenn das Gericht es ausdrücklich anders fordert, in der Haft zunächst weiter beieinander. Sie beziehen im selben Gefängnis denselben Bereich, machen weiter Musik, bereiten sich auf ihr Abitur vor. 1995 erscheinen gemeinsame Fotos der »Satansbrüder«, die die Öffentlichkeit verstören und die den damaligen Thüringer Justizminister Otto Kretschmer zum Eingreifen zwingen. Er lässt das Trio trennen und in unterschiedliche Anstalten verlegen. Der Leiter der JVA verliert seinen Posten. Es wird ruhiger um die drei jungen Mörder. Den Spätsommer 1998 verbringen sie schon wieder in Freiheit – zur Bewährung entlassen. Und der zuständige Gerichtspräsident schwärmt von ihren günstigen Sozialprognosen: »So wünscht man sich das.«

Sebastian S. und Andreas K. kehren nicht wieder zurück nach Sondershausen. Nach Studium und Familiengründung leben sie in anderen Städten. Sebastians neue Band heißt »In Acht und Bann«. Der Name erinnert daran, wie sich die drei Mörder von Sondershausen bei ihren musikalischen Aktivitäten im Erfurter Knast nannten: »In Ketten«. Seine Gesänge klingen nach der Haft nicht weniger düster als vor ihr. Einem Pfarrer schreibt er immerhin, er möge ihm helfen, »mit der Schuld zu leben«. Über Andreas K. finden sich keine weiteren Einträge in den Archiven. Die einstigen Freunde gehen getrennte Wege.

Hendrik M. führen diese Wege, vor allem aber seine inzwischen ausgeprägte rechte Gesinnung, noch mehrmals ins Gefängnis. Keine fünf Wochen nach seiner vorzeitigen Entlassung 1998 heuert er Skinheads als Security für ein Black-Metal-Konzert im thüringischen Behringen an und stürmt mit erhobenem Arm und Hitlergruß durch den Saal. An seiner Jacke trägt er das Schild »Führer«. Er gründet die Deutsche Heidnische Front. Wieder ermittelt die Staatsanwaltschaft, und da Hendrik Interviews gibt, in denen er damit prahlt, sie hätten sich in jenem April 1993 entschlossen, »dem Leben eines lebensunwerten Geschöpfes ein Ende zu setzen«, und er den ermordeten Sandro Beyer als »Volksschädling« bezeichnet, wird die Bewährung widerrufen. Auch Sandros Mutter hatte Anzeige erstattet.

Aus den Urteilen summiert sich erneut eine lange Haftstrafe. Diesmal flieht Hendrik M. Mit einem Touristenvisum setzt er sich in die USA ab und taucht dort in Kreisen unter, bei denen er sich geborgen fühlt: der rechtsextremen »National Alliance« des charismatischen amerikanischen Rechtspopulisten William L. Pierce. Der ehemalige Physikprofessor gilt als einer der Drahtzieher im internationalen Geschäft mit dem Rechtsrock.

Pierce ist glücklich über die neue Bekanntschaft und bedient sich ihrer, um seine Beziehungen in die Alte Welt, nach Europa, auszubauen. Er betreibt in Hillsboro, West Virginia, einen Musikversand. Gerade ist er am Aufbau des Rechtsrock-Labels Resistance Records beteiligt. Da kommt Hendrik M. ihm wie gerufen. Mit großen Worten lobt er den jungen Deutschen, »der für seine Überzeugung sogar politische Verfolgung auf sich nimmt«, wie Pierce sagt. Er sei stolz, Hendrik einen »Freund und Kameraden nennen zu können«. Als äußerst intelligent, ernsthaft und »ganz seinen Idealen verpflichtet«, habe er ihn kennengelernt. Der junge Mann sei »ein wahrer Nationalsozialist«. Als Pierce 2002 überraschend stirbt, wollen seine Nachfolger dafür sorgen, dass Pierces Name zukünftig in den Schulen gleich neben denen George Washingtons und Adolf Hitlers »als einer der großen Männer unserer weißen Rasse« gelehrt werde. Sein unter Pseudonym geschriebener Roman *The Turner Diaries* gilt als »Blaupause für die arische Revolution«.

Auch Hendrik findet warme Worte für den amerikanischen Nazi, der in Hillsboro ein riesiges Stück Land besitzt. Hier sammelt er Mitstreiter für seinen ideologischen Feldzug. Von der Fassade des Hauptquartiers prangt das monumentale Symbol der »National Alliance« – die germanische Lebensrune. Hendrik M. bedauert, dass sich nur »so wenige wirklich überzeugte Menschen finden, dabei mitzutun«, die Gelegenheit sei »einfach großartig«. Wenn es solch ein Anwesen für Gleichgesinnte irgendwo in Deutschland gäbe, dann wäre da bestimmt längst »viel mehr daraus geworden«. Daran glaubt Hendrik M.

Doch auch die Vereinigten Staaten weisen den jungen Nazi ab. Zielfahnder haben den mit Haftbefehl Gesuchten in seinem Unterschlupf ausfindig gemacht, die Bundesrepublik stellt einen Auslieferungsantrag, und die amerikanischen Behörden nehmen ihn im August 2000 in Haft. Da kann William Pierce im Internet noch so viel Protest organisieren. Seine Kampagne »Free Hendrik« verzögert die Abschiebung zwar ein wenig, hält sie aber nicht auf. M. selbst sieht sich als ein Justizopfer, das »zum Schweigen gebracht werden soll«. So beschreibt er es Spiegel-TV in einem Interview.

Hendrik M. sitzt seine Haftstrafe in einem deutschen Gefängnis ab. Bis 2007. Dann kommt er wieder frei, sucht einen neuen Lebensmittelpunkt. Es zieht ihn nach Berlin. Der Musikrichtung Black Metal bleibt er treu, genauer gesagt einer sehr eigenen Strömung innerhalb der Subkultur: dem NSBM – dem »National Socialist Black Metal«. Das bedarf keiner Übersetzung.

»Black Metal ist extreme Musik für extreme Typen«, verkündet er 2013. In solchen Gruppen spielt der inzwischen 37-Jährige zwar nicht mehr selbst Schlagzeug, betreut sie aber, organisiert ihre Konzerte, schreibt Texte, vertreibt Tonträger und Devotionalien. Als »selbständiger Unternehmer«, wie er betont, wenn Gesprächspartner wie der Neonazi Patrick Schröder, ein NPD-Aktivist, ihn danach fragen. Schröder moderiert einen Internet-Livestream, der sich fsn.tv nennt: frei – sozial – national. Eine Stunde und 33 Minuten lang gibt Hendrik M. ihm Auskunft über sein Weltbild, über Musik, die er mag, über seine Heimatstadt Sondershausen, die ihn bei einem Besuch abwies, über ein Deutschland, in dem es bald kaum noch Deutsche gäbe. »Alle großen Zivilisationen«, philosophiert Hendrik M. »sind irgendwann untergegangen.« Und er wünscht sich in dem Gespräch, dass »jeder Einzelne etwas dagegen tut«, dass »die Gutwilligen« eifrig Familien gründen, jeder »vier, fünf, sechs Kinder zeugt«.

Solche Meinungen sind nicht verboten. Alles andere formuliert der Justiz-Erfahrene mit der gebotenen Distanz. Dass im tschechischen Žatec ein von ihm organisiertes Black-Metal-Konzert von der Polizei aufgelöst wurde? – Da konnten die Beamten ja nicht anders handeln, wenn es Besucher gibt, die die Hitlerfahne zeigen oder Hakenkreuze auf Gürtelschnallen tragen. – Was NSBM-Musik so faszinierend macht? – Dass sie Denkanstöße gibt, Tabus aufbricht, für eine Fülle von Themen sensibilisiert: von der Weltkriegsfaszination über das militante Neuheidentum bis hin zu der Vision, »aus der Asche eine neue Flamme emporlodern« zu sehen. – Ob er selbst politisch aktiv ist? – Politisch interessiert schon, im engeren Sinne engagiert eher nicht.

In früheren Interviews las sich das klarer. Da sprach er gern von seiner »Verankerung in der Blut-und-Boden-Ideologie«, pries die »arische Elite« und sah sich als »Märtyrer«. Ein Szene-Almanach des Black Metal, das ihn unter dem Pseudonym Jarl Flagg Nidhögg führt, zitiert ihn mit den Worten: »Würde es nicht akut gegen bundesdeutsche Strafgesetze verstoßen, dann hätten wir schon längst aufgerüstet, mit allen legal oder illegal erhältlichen Mordwerkzeugen. Doch was zählen schon ›Gesetze‹ im Reich von Absurd? Make war, not love!«

Die Black-Metal-Band »Absurd«, die sich einst mit dem Mord an Sandro Beyer rühmte, gibt es immer noch, wenn auch ohne ihre Gründungsmitglieder. Eine Kassette, die das Freundestrio kurz nach der Verurteilung 1995 direkt im Knast aufnahm und nach draußen schmuggeln konnte, zeigt auf dem Cover den Grabstein des Opfers. Einer der Nachfolger bei »Absurd« ist Hendriks älterer Bruder Ronald M., Bassgitarre und Gesang. Die Fäden im Hintergrund spinnt der Jüngere wohl weiter mit.

12. Im Einklang mit Gott

Schwester Irene B. tötet in der Charité mindestens fünf Patienten

Im Sommer 2006 liegt auf der kardiologischen Intensivstation 104.i der Berliner Charité ein 77-jähriger Patient, der um sein Leben ringt. Er war früher Zimmermann, ein zupackender Mann, doch mit seinem geschwächten Herzen und beeinträchtigt durch Alzheimer- und Parkinson-Schübe kann er schon länger nicht mehr so leben, wie er es sich wünscht. Vor kurzem hat sich sein Zustand sogar akut verschlechtert: Nach einem Verdacht auf Herzinfarkt ist er Ende Juni mit starkem Fieber und womöglich einer Lungenentzündung in die Klinik eingeliefert worden.

Der Kranke erholt sich nur langsam. Jeden Tag scheint sich der Krankheitsverlauf zu verändern. Immer wieder gibt es Anzeichen der Besserung ebenso wie Signale der Verschlechterung. Es wechseln die Medikamente, die Aussichten, auch die Auskünfte an die Angehörigen. Aber die Familie ist fürs Erste beruhigt, denn wo könnte die Überwachung besser sein als auf einer so spezialisierten Station des größten europäischen Universitätsklinikums?

Am frühen Abend des 16. August 2006 wird das zuletzt verabreichte Morphium abgesetzt, denn der Patient scheint ruhig und schmerzfrei. Eine Gastärztin hat diese Anordnung getroffen. Um 18.15 Uhr führt die Krankenschwester Irene B. ihm trotzdem über eine Flexüle am Handrücken fünf Milligramm des Narkosemittels Dormicum zu. Die Geräte registrieren einen rapiden Blutdruckabfall. Dann stabilisiert sich der Kreislauf wieder. Keine halbe Stunde später, um 18.40 Uhr, greift die Schwester erneut zur Spritze, verabreicht das blutdrucksenkende Mittel NPN. Zwölf Minuten später lebt der Patient nicht mehr. Schwester Irene vermerkt in der elektronischen Krankenakte die Worte »Entlassen nach: Tod«.

So kurz, so sachlich steht es in einem Buch geschrieben. In einem sehr persönlichen Buch. Die Autorin Judith Arlt beschreibt darin das reale Ende eines Lebens – das ihres Schwiegervaters. Und es ist nicht nur eine sensibel erzählte Familiengeschichte, sondern vor allem die Schilderung eines verstörenden Kriminalfalls. Denn der Mann starb nicht an seiner Krankheit. Er wurde getötet. Ermordet durch Irene B., die Krankenschwester, die ihn bis zuletzt versorgte, der er anvertraut war, die ihn nach seinem Tod noch wusch und sein Bett neu bezog. Sie spritze ihm das tödliche Gift direkt in die Blutbahn: 60 Milligramm des Blutdrucksenkers Nitroprussid-Natrium, Trockensubstanz, unverdünnt.

Sechs Wochen nach dem Vorfall, am 4. Oktober 2006, wird die Krankenschwester Irene B. in ihrer Berliner Wohnung festgenommen. Ihr Chef, Professor Gert Baumann, Direktor der Klinik für Kardiologie, hatte die Polizei informiert, nachdem auf der Intensivstation gerade kurz hintereinander drei Patienten starben, deren Zustand zwar nicht unbedingt Hoffnung auf Genesung gemacht, es andererseits – wie im August bei dem Zimmermann – auch keine Anzeichen für ein so jähes Ende gegeben hatte. In allen drei Fällen war Irene B. diejenige, die die Kranken zuletzt betreute.

Irene B., 54 Jahre alt, eine kleine, fast schmächtige Frau mit dünnem, rötlichen Haar, ist eine Macht auf der Station. Aber sie ist nicht besonders beliebt. Unter den Schwestern gilt sie als selbstherrlich, herablassend und dominant. Sie wolle immer »den Ablauf« bestimmen, heißt es. Die Kolleginnen reden darüber, wie ruppig und nicht eben feinfühlig sie mitunter mit den Patienten umgeht. Einen Patienten soll sie geboxt, einem weiteren heftig auf die Finger geschlagen haben, als der sich, verwirrt, gegen eine Pflegemaßnahme wehrte. Über die Kranken spricht Irene B., so schildern es Kollegen, abfällig.

Bekannt ist, dass sie mit Ärzten über Anweisungen diskutiert, die sie als »sinnlos« empfindet. Und es gibt schon länger Gemunkel darüber, Schwester Irene würde sich über deren Anordnungen hinwegsetzen. Ein Internist erinnert sich, wie sie während einer Reanimation bewusst den Tubus falsch setzte und sie darüber stritten. Dass Irene B. oft im völlig falschen Moment schrill lacht oder laut pfeift, nimmt man auf der Station 104.i als eine Marotte hin, nicht als Zeichen von Überforderung. Dabei hat Irene B. nach einer kinderlosen Ehe und der langwierigen Trennung von ihrem Mann vielleicht auch privat mehr Kummer, als sie vertragen kann. Aber das gibt sie im Kollegenkreis nie zu. Schwäche zu zeigen ist nicht ihre Sache.

Schon als Kind ist sie es gewohnt, stark zu erscheinen. Beim Aufwachsen vermisst sie Wärme, fühlt sich unverstanden und einsam. Der Vater, ein tiefreligiöser Mann, der, wie sie sagt, »Gott auch im Wald sah«, stirbt pflegebedürftig in einem Stift, als Irene zwölf ist. Man hatte ihn ins Bad geschoben, weil sich woanders kein Platz für ihn fand. Das Mädchen empfindet das als würdelos. Die Mutter bedeutet ihr nichts. Mit 15 beginnt Irene bei katholischen Ordensschwestern eine Ausbildung zur Krankenschwester. Sie scheut keine Mühe, bleibt immer dabei. »Das entspricht auch ihrem Selbstbild: wichtig zu sein«, wird später ein Sachverständiger über sie urteilen.

Im Jüdischen Krankenhaus in Berlin, ihrer ersten Arbeitsstätte, steigt sie in der Hierarchie schnell auf. Sie ist kompetent, besucht Weiterbildungen, hinterfragt Entscheidungen. Ihre besondere Anerkennung verdankt sie auch der damaligen Chefin, die sie öfter als andere Kollegen bei schwierigen Behandlungen mit hinzuzieht. Aber irgendwann muss es

Ärger gegeben haben. Vorgesetzte wechseln. Pflegepersonal protestiert gegen ihre überhebliche Art. Irene B. klagt über Mobbing und wird Ende 1994 mit einer Abfindung aus dem Dienst entlassen. Diese Herabsetzung macht ihr zu schaffen.

In die Bewerbung um eine neue Stelle schreibt sie von ihren Empfindungen und Selbstzweifeln natürlich nichts. Bei einem Interview wird sie später erzählen, wie froh sie über die erfolgreiche Bewerbung an der Charité war, die dringend eine erfahrene Intensivkrankenschwester suchte. Wie sie das Ereignis mit einem festlichen Essen am Ufer der Spree feierte. Im Hintergrund leuchtete vom Hochhaus weithin sichtbar der Schriftzug der berühmten Klinik.

Irene B. wechselt Anfang 1995 die Arbeitsstelle, strahlt Energie aus, doch Aufgaben, Verantwortung, Belastung, Missverständnisse mit den Mitarbeitern bleiben ähnlich. Als ihre Ehe endgültig zerbricht, wird die Arbeit für sie immer wichtiger. Auch mit Gott, der Religion und dem Dasein des Menschen »mit all seinen Schwächen und Irrtümern« beschäftigt sich Irene B. intensiver. Sie sagt von sich, dass sie viel liest, philosophiert, der Kultur zugetan ist, ihren Horizont weitet.

Einige Jahre nach dem Neuanfang in der Charité nehmen die Reibereien auf der Intensivstation 104.i zu. Manche Kollegen beschweren sich offen über Irene B. Doch die Vorgesetzten halten zu ihr. Sie ist schließlich seit über 35 Jahren im Beruf und immer mit Schwerstkranken betraut. Oft bürdet sie sich freiwillig mehr Arbeit auf als nötig, sie übernimmt Sonderschichten, zeigt sich immer einsatzbereit. Da kann man nicht »das Kind mit dem Bade ausschütten«, wie ein Kollege es ausdrückt. Hinter vorgehaltener Hand wird aber auch Ungeheuerliches gemunkelt: Dass sie womöglich schon das eine oder andere Mal nachgeholfen habe beim Sterben.

An jenem Augustabend 2006, an dem der Zimmermann stirbt, wird der Krankenpfleger André S. auf Schwester Irene aufmerksam. Er beobachtet, wie sie dem nicht ansprechbaren Patienten ein Medikament spritzt, obwohl für ihn keine Therapie mehr verordnet ist. Als der Blutdruck des Mannes fällt, bietet S. Hilfe an, Schwester Irene winkt ab. Dann hört er Geräusche, die er aus dem Klinikalltag nur zu genau kennt: Erst das leise Klicken, wenn eine Ampulle aufgebrochen wird, danach ein Klacken, als ob der Rest in den Mülleimer fällt. Er schaut in den Abfall und findet tatsächlich ein leeres Röhrchen, das zuvor noch 60 Milligramm hochkonzentriertes NPN enthielt. Er sieht Schwester Irene bei der Injektion, dann schrillt der Alarm. Exitus. Trotzdem behält der Pfleger seine Beobachtung zunächst für sich. Er will abwarten. Irgendwann weiht er zwei Kollegen ein. Das Unglaubliche sprechen auch sie nicht aus – bis die nächsten unerwarteten Todesfälle geschehen und die Bilder sich gleichen. Von nun an überschlagen sich die Ereignisse.

Noch in der Nacht ihrer Verhaftung gesteht Irene B. den Polizeibeamten die Tötung von zwei Patienten. Auch die des Zimmermanns. Die Klinik ist in Aufruhr, die Tageszeitungen übertreffen sich im Wettbewerb um die schnellsten Informationen. Vom »Todesengel der Charité« ist die Rede, von »Mordschwester Irene«, von »Stationsschwester Tod«. Es gibt den Verdacht, dass noch weitere Todesfälle von ihr herbeigeführt wurden.

Computeraufzeichnungen der letzten zwei Jahre werden zurate gezogen, der Dienstplan der Krankenschwester mit auffälligen Sterbedaten verglichen. Experten untersuchen Gewebeproben von verstorbenen Patienten auf überdosierte Medikamente und toxische Stoffe. Der Verdacht auf weitere Tötungen erhärtet sich. 15 Patienten starben in der fraglichen Zeit unter Irene B.s Obhut. Besonders klar scheinen der Anklagebehörde fünf Fälle. In anderen bleibt sie zweifelnd, findet keine direkten Nachweise oder geht von gescheiterten Versuchen aus.

Den Tod des Patienten S. führt sie als Nummer eins in ihren

Akten. Der 66-Jährige wird am 28. Juni 2005 auf die Station verlegt, weil er reanimiert werden muss. Während sich zwei Ärzte intensiv um die Wiederbelebung des Mannes und eine Stabilisierung seines Blutdrucks bemühen, spritzt die Angeklagte das kontraindizierte Medikament Nipruss alias Nitroprussid-Natrium, kurz NPN. Der Tod tritt sofort ein.

Mehr als ein Jahr vergeht, bevor – so der Vorwurf – Irene B. wieder tötet. Mehrmals, und das in kurzen Abständen.

Am 16. August 2006 stirbt der von ihr betreute Zimmermann A. Als die Mediziner für den Schwerkranken keine weitere Behandlung mehr vorsehen, injiziert sie ihm das tödlich überdosierte NPN.

Die 48-jährige Frau St. aus Wolfenbüttel hatte sich zur Behandlung ihrer schweren Herzerkrankung in die Charité begeben. Die Ärzte bereiten den Ehemann darauf vor, dass seine Frau nicht mehr lange leben wird, und versorgen sie palliativ. Sie möchte aber zu Hause sterben, deshalb wird der Rücktransport für den nächsten Tag, den 20. September 2006, organisiert. Noch während Herr St. am Krankenbett seiner Frau sitzt und mit ihr redet, verabreicht die Angeklagte das Gift. Das durch den Herzstillstand ausgelöste akustische Signal unterdrückt sie. Jede Hilfe kommt zu spät.

Im Koma liegt auch der 52-jährige Patient W., als es am 26. September 2006 bei ihm zu einem rapiden Blutdruckabfall kommt und er durch kreislaufbeschleunigende Medikamente reanimiert werden muss. Unbemerkt von der Ärztin, die Herrn W. in diesem Moment versorgt, spritzt Schwester Irene zeitgleich das Gegenmittel. W. stirbt.

Am 2. Oktober 2006 schließlich tötet die Angeklagte den 62-jährigen M. mit Dormicum. Sein Lungenkrebs ist schon weit fortgeschritten. In dieser Situation, so hat der Patient zuvor verfügt, wünsche er keinerlei lebensverlängernde Maßnahmen mehr. Von einer Lebensverkürzung war bei ihm allerdings auch nicht die Rede. Und wieder kann eine Familie keinen Abschied nehmen.

Wann das Töten begann, und ob die bekannten Fälle wirklich vollzählig sind, weiß nur die Täterin. In den Krankenakten finden die Kriminalisten zwar weitere verdächtige Vorkommnisse, bei denen Schwester Irene mit der Betreuung von Patienten befasst war, die ganz plötzlich Zusammenbrüche erlitten, doch die Beweislage ist unklar. Ein anderer Pfleger könnte eingegriffen oder die Grunderkrankung sich rapide verschlechtert haben.

Für die Kriminaltechniker gestaltet sich die Suche nach beweiskräftigen Details äußerst schwierig. Nach Feuerbestattungen beispielsweise sind Spuren fremden Einwirkens vernichtet. Die Staatsanwaltschaft veranlasst, die sterblichen Überreste von neun Patienten zu exhumieren. Diese Zahl nennt die Münchener Wissenschaftlerin Judith Rebekka Lang, die für ihre Dissertation über »Tötungsdelikte an älteren Menschen über 60 Jahren in Berlin« Tausende Obduktionsberichte ausgewertet hat – darunter auch Sterbefälle, die Irene B. zugeordnet werden. Doch die Rückschlüsse sind nicht immer eindeutig. Außerdem reicht die elektronische Erfassung der Krankenakten in der Charité damals nur bis 2004 zurück. Verdächtige Todesfälle davor bleiben unberücksichtigt.

Im Januar 2007 erhebt die Berliner Staatsanwaltschaft Anklage. Der Prozess gegen Irene B. beginnt drei Monate später, am 18. April, vor der Schwurgerichtskammer in einem der repräsentativsten und größten Säle des Moabiter Gerichts. Das Interesse der Öffentlichkeit ist riesig. Angehörige der Opfer wollen verstehen, was geschah. Die Krankenschwester räumt inzwischen ein, vier Menschen getötet zu haben. Das Sterben dieser Kranken hätte sich »unwürdig hingezogen«, sie wollte es »vorzeitig beenden«. Viel mehr spricht sie nicht. Ihr Rechtsanwalt Mirko Röder gibt Erklärungen für sie ab.

Nur manchmal kann Irene B. nicht an sich halten und richtet Fragen an die Zeugen – etwa an den Krankenpfleger

André S., der beobachtete, wie sie dem ehemaligen Zimmermann A. kurz vor dessen Tod etwas spritzte, das niemand verordnete hatte. Ihn fragt sie, warum er sie denn damals nicht gleich angesprochen habe. Es klingt, als wollte sie sagen: »Dann hätte ich vielleicht innegehalten, dann wäre es zu den späteren Morden möglicherweise nicht mehr gekommen.« Aber das sagt sie nicht. Sie fragt nur, verwundert.

André S. antwortet so, wie er es in allen früheren Vernehmungen schon bei der Polizei getan hat: Dass es für ihn unvorstellbar war, was sich da offenbarte, als er das »Klicken« der Ampulle hörte. Dass es doch keinen sichereren Ort als ein Krankenhaus geben sollte. Dass er nicht schuld sein wollte an falschen Verdächtigungen. Und all das seinen Horizont überstieg. »In solchen Momenten hat man doch absolutes Vertrauen.«

Das etwa sind auch die Worte, die alle anderen Pfleger, Schwestern, Ärzte und Vorgesetzte im Gerichtssaal finden, wenn es darum geht, warum die interne Kommunikation in der Klinik so schlecht funktionierte, warum niemand auf das tödliche Treiben von Frau B. aufmerksam wurde, obwohl es doch immer wieder Auffälligkeiten gab.

Der Stationsarzt berichtet von einem Vorfall, der sich bereits 2001 bei einem Nachtdienst zutrug. Irene B. habe während einer Notfallbehandlung eigenmächtig Anstalten gemacht, das Beatmungsgerät abzuschalten. Eine »maßlose Kompetenzüberschreitung« sehe er bis heute darin und zitiere jenes Ereignis bei Weiterbildungsseminaren als Beispiel dafür, wie wichtig es sei, sich beim Pflegepersonal durchzusetzen.

Die Frage, wie Mitarbeiter emotional mit der anstrengenden Pflege von Schwerstkranken klarkommen, steht während des Gerichtsprozesses immer im Raum. Der Vorsitzende Richter Peter Faust spart nicht mit Kritik an einer Krankenhaus-Hierarchie, die ihre Aufmerksamkeit scheinbar mehr auf Außendarstellung und wirtschaftliche Aspekte richtet als auf die zwingend notwendige Sensibilität nach innen. Der Gedanke, Irene S. habe sich als Verfechter der vieldiskutierten Sterbehilfe verstanden, verschwindet angesichts der Umstände schnell.

Im Saal 500, in dem der Prozess gegen sie geführt wird, lassen sich von der Decke die Zehn Gebote ablesen, das fünfte lautet: »Du sollst nicht töten.« Irene B. unterhält sich mit einem Gutachter darüber, dass sie das anders formulieren würde: »Du sollst nicht Schaden zufügen« zum Beispiel. Vieles in der Gesellschaft habe sich relativiert, die Bibel brauche Veränderung.

Interessiert, aber ohne erkennbare Regung hört die Angeklagte an allen zehn Verhandlungstagen den Zeugen und Sachverständigen zu. Lebhaft wird sie, wenn es Gutes über sie zu berichten gibt. Wenn zum Beispiel ihr ehemaliger Chef sie als überaus ehrgeizig, einsatzbereit und zuverlässig lobt. Alle seine Patienten, so sagt der Professor, hätte er bei Schwester Irene »in besten Händen« gewähnt. Solch erfahrenes Personal »könne sich jeder Vorgesetzte nur wünschen«. Als er seine Aussage allerdings mit dem Zusatz versieht, durch ihre Taten sei nun auch er »persönlich ramponiert«, da weint die Angeklagte.

Stundenlang hat sich während ihrer Haft der vom Gericht bestellte psychiatrische Gutachter Alexander Böhle mit Irene B. befasst. Nach den vielen Gesprächen beschreibt er sie als »eigenwillig« und »narzisstisch«, spricht von »latenten Größenideen«, die die Angeklagte entwickelt habe. Aber sie leide nicht an Zwangsvorstellungen. Ihr Tun entspreche ihren selbstgesetzten Regeln. Sie habe sich ermächtigt gefühlt, am »göttlichen Willen mitzuwirken« – so habe sie es ihm einmal erklärt. Und in diesem Sinne traf sie wohl auch ihre Entscheidungen über Leben oder Tod. Auf ihrer Station habe die Angeklagte »eine erhebliche Verantwortlichkeit beansprucht«, ergänzt der Gutachter, sie zeige »Tendenzen zu Besonderem, zu Grandiosem«. Außerdem solle der Mensch nicht von einer Maschine seinen Atem bekommen, findet Irene B. Über solche Fragen hat sie am Krankenbett oft mit ihrem Gott diskutiert und manchmal mit ihm auch gehadert.

Die Verteidigung sieht Irene B. völlig verkannt. Sie sei eine »warmherzige, blitzgescheite Frau«, die nicht das Leben, sondern das Sterben verkürzen wollte. Die Staatsanwaltschaft nennt das Mord.

Am 29. Juni 2007 verurteilt das Landgericht Berlin Irene B. zu einer lebenslangen Haftstrafe. Fünf Morde und zwei Mordversuche werden ihr angelastet. Die Richter erkennen keinen Anlass, an der Schuld und der Schuldfähigkeit der Angeklagten zu zweifeln. Um Mitleid sei es ihr nie gegangen.

Der Bundesgerichtshof, der sich ein halbes Jahr später auf Antrag von Irene B. mit dem Urteil befasst, wird zwar Heimtücke nur in drei Fällen bestätigen und zwei der Taten nicht als Mord, sondern als Totschlag bewerten, aber das ändert nichts am Strafmaß. Die ehemalige Krankenschwester kann frühestens 1921, nach 15 Jahren, das Gefängnis verlassen. Sie ist dann fast siebzig.

Gelegentlich meldet sie sich aus dem Strafvollzug zu Wort. Sie hat begonnen, Texte zu schreiben. Sie spielt Theater, lernt Yoga und setzt Computer zusammen, die als Hilfslieferung nach Afrika gehen. Regelmäßig spricht sie im Gefängnis mit ihrem Anwalt, mitunter auch mit Journalisten, sie lässt sich von dem Österreicher Thomas Müller, einem namhaften Kriminalpsychologen und Profiler, für eine TV-Sendung interviewen. Sie redet mit ihnen darüber, dass es »ein großer Fehler« gewesen sei, diese Menschen zu töten, obwohl sie nicht darum baten. Sie sagt, die Angehörigen täten ihr leid, weil die, ohne sich richtig verabschieden zu können, loslassen mussten. Im Nachhinein bedauere sie, dass sie in das Schicksal der Menschen eingegriffen habe. Aber sie bereue ihre Taten nicht. Und sie fühle sich nach wie vor nicht als

Mörderin. Morden – das sei doch etwas ganz Schreckliches. Ihre Zelle nennt Irene B. im Gespräch gern ihre »Stube«, berichtet ein Reporter, der sie traf.

Die Schriftstellerin Judith Arlt, Schwiegertochter des Zimmermanns, der am 16. August 2006 durch eine Überdosis NPN starb, hat gemeinsam mit ihrem Mann am Gerichtsprozess teilgenommen. Sie hat die Angeklagte beobachtet, die Zeugenaussagen verglichen und zu begreifen versucht. Ihr Fazit fällt schlicht und ernüchternd aus: »Ich weiß jetzt, warum sie hilflose Menschen tötete. Weil sie es wollte. So einfach ist das.«

13. Wie ein Blitz aus heiterem Himmel

Der unerklärliche Doppelmord von Tessin

Es gibt Fälle, die sind nicht zu verstehen. Sie sind nicht fassbar, sie lassen sich nicht erklären mit den üblichen Mustern. Sie entziehen sich jedem Begreifen, auch Jahre nach der Tat. So wie das grausige Verbrechen im mecklenburgischen Tessin, das zu Beginn des Jahres 2007 bundesweit für Entsetzen sorgte. Selbst wenn die Ermittler keine Mühe haben, die Puzzlestücke der Bluttat am 13. Januar 2007 zusammenzufügen – ein Bild will sich bis heute nicht ergeben.

Wie so oft haben sich am Abend des milden Wintertages einige Jugendliche des Dorfes und aus der Umgebung an der Bushaltestelle zusammengefunden. Schon am Nachmittag hat der letzte Bus, der die Ortschaften miteinander verbindet, Tessin verlassen. Der Treff ist nicht sonderlich gemütlich, aber er verspricht Ungestörtheit und ein wenig Schutz bei schlechtem Wetter. Es ist Sonnabend, die Abende können sich in den einsamen Dörfern sehr strecken. Computerspielen zu Hause, gelegentlich eine Party irgendwo im Ort, der nur 300 Einwohner zählt. Die Abwechslung für die Dorfjugend hält sich in Grenzen. Auch am Wartehäuschen ist diesmal nicht viel los. Die Jungen und Mädchen vertreiben sich die Langeweile, quatschen und rauchen und flachsen miteinander. Auch Felix D. ist gekommen und sein Freund Torben B., der im Nachbarort Neu Gülze wohnt. Torbens Eltern haben sich dort ein weißes Fertigteilhaus errichten lassen. Zur Runde gehören auch Felix' 15-jährige Schwester Jana und deren gleichaltrige Freundin Eyleen, ein blasses, blondes Mädchen.

Alle vier haben zuvor noch mit Felix' Eltern zu Abend gegessen. Die D.s, die noch ins Kino nach Boizenburg wollen, kennen die Freunde ihrer Kinder seit Jahren. Sie haben Hotdogs auf den Tisch gestellt und wundern sich ein wenig, dass Felix und Torben nach dem Essen freiwillig das Abräumen übernehmen. Beide sind unzertrennlich, sie gehen gemeinsam auf das Elbe-Gymnasium in Boizenburg. Die Eltern wissen nicht, dass die Jungs in der Küche nur unbeobachtet Messer in ihre Taschen stecken wollen. Jeweils zwei lassen sie verschwinden. Das, was sie vorhaben, ist lange geplant.

Als sich am Abend die Gruppe an der Bushaltestelle zerstreut, deutet nichts darauf hin, dass der Tag anders enden wird als gewohnt. Mit geheimnisvollen Andeutungen können Felix und Torben Eyleen überreden, mit ihnen zu kommen. Scheinbar ziellos schlendern die drei Jugendlichen in der Dunkelheit durch das Dorf. Es gibt für das Mädchen keinen Grund, misstrauisch zu sein. Die 15-Jährige wird auch nicht unruhig, als die beiden Freunde sie zu einem Schuppen führen. Doch dort verändert sich plötzlich das Verhalten der Jungen. Sie bedrohen Eyleen. Torben packt sie, doch das Mädchen kann sich losreißen. Es glaubt noch immer, dass alles nur ein Spaß ist. Eyleen ahnt nicht, was passieren soll, und wehrt sich kaum. »Dann nahmen sie Paketband, fesselten mich an Händen und Beinen und verbanden mir die Augen«, wird Eyleen einige Tage später im Fernsehen erzählen. Die Jungen sind verärgert, dass sie trotz der Fesselung so ruhig bleibt.

Eyleen fühlt sich nicht als Geisel, die sie von nun an ist. Sie wundert sich nur etwas, als Felix und Torben so komische Sprüche von sich geben und sie bald darauf im Schuppen zurücklassen. Sie versteht auch nicht, was Felix meint, wenn er sagt, sie werde heute noch Leichen sehen. »Felix hatte ein Messer, sagte: ›Gut scharf, bleib schön ruhig, wir sind gleich wieder da‹«, beschreibt Eyleen die Situation. Sie weiß nicht mehr, wie sie sich verhalten soll. Sie ahnt nicht einmal, dass sie von den Jungen längst zu einer Hauptperson ihres Plans auserkoren wurde.

Felix und Torben, so rekonstruiert die Staatsanwaltschaft den Tatablauf, gehen vom Schuppen hinüber zu dem nicht sehr großen, gepflegten Backsteinhaus mit der Nummer 22 und klingeln. Das Haus ist von einem flachen, gemauerten Zaun umgeben und liegt am Ende einer kaum erleuchteten Stichstraße, gleich hinter dem *Gasthaus Ahrens*, der Dorfkneipe. Keine hundert Meter entfernt erstrecken sich die alten Stallanlagen der früheren LPG. Nur ein Teil wird noch genutzt. Peter E., der die Haustür gegen 22 Uhr öffnet, kennt die Jungen, die da mit gezückten Messern vor ihm stehen. Sie sind nur ein Jahr älter als sein Sohn Florian und wollen seinen Autoschlüssel. Peter E. kann sich keinen Reim auf die Situation machen. »Spinnt ihr?«, fragt der 46-Jährige. Wahrscheinlich hält er es einfach nur für Unfug, als sie ihm die Klingen an den Hals halten und ihn auffordern, sich hinzuknien. Peter E. weigert sich und greift nach einem der Messer. Da stechen Felix und Torben zu, immer und immer wieder. Sie kennen keinen Halt mehr. Mindestens 17 Einstiche und Schnittverletzungen registrieren die Gerichtsmediziner, als sie den blutüberströmten Leichnam am nächsten Tag obduzieren.

In der oberen Etage des Hauses treffen Felix und Torben auf Florian, der in ein Zimmer flüchten kann und sich einschließt. Dass in dem Raum ein Telefon steht, rettet ihm wahrscheinlich das Leben. Um 22.09 Uhr geht sein Notruf bei der Rettungsstelle in Schwerin ein. Florian, der viele Jahre mit Felix gemeinsam im Bus zur Schule fuhr, besucht jetzt eine Förderschule. In seiner Todesangst hat er einige Mühe, dem Beamten am anderen Ende der Leitung klarzumachen, was gerade in dem Haus geschieht. Der Diensthabende, noch immer skeptisch, verspricht aber, jemanden vorbeizuschicken. Angeblich soll er zuvor noch darauf hingewiesen haben, dass der Anrufer die Kosten eines Fehlalarms selbst zu tragen habe.

Antje E., Florians Mutter, hat keine Chance zum Entkommen. In Panik verlässt die 41-Jährige schreiend das Schlafzimmer. Wie von Sinnen stechen die Angreifer auch auf sie ein und treten gegen ihren Kopf, als sie am Boden liegt. Während Felix wütend versucht, mit Gewalt die Tür zu öffnen, hinter der sich Florian verbarrikadiert hat, rennt Torben die Treppe hinunter. Er läuft zum Schuppen, bindet Eyleen die Beine los. Er zieht sie hinüber zum Haus.

Erst jetzt, als sie Peter E. hinter der Eingangstür liegen sieht, begreift das Mädchen, wie ernst die Jungen ihre Drohungen gemeint haben. »Glaubst du uns jetzt?«, fragt Torben. »Der Mann ist tot.« Der Polizei sagt Eyleen, dass sie von diesem Moment an keine Empfindungen mehr hatte. Auch nicht, als sie in der oberen Etage in einer Blutlache Florians Mutter erblickt, die noch atmet. Felix bemerkt das Lebenszeichen ebenfalls. Als Eyleen sich wegdrehen will, schreit er sie an, hinzusehen. Mit voller Kraft sticht er noch einmal auf den Kopf der Sterbenden ein. Insgesamt 62 Messerstiche haben Kopf und Körper von Antje E. getroffen, geht aus den Gerichtsakten hervor. Bei der Obduktion war das Gesicht der Frau nicht mehr zu erkennen.

Einige Minuten nach der Bluttat schiebt ein Polizeibeamter im Erdgeschoss die unverschlossene Haustür auf, ruft »Hallo«. Den toten Familienvater bemerkt er nicht sofort, aber er sieht das Blut und er sieht Felix, der Eyleen ein Messer an den Hals drückt. Wegen der mutmaßlichen Geiselnahme ziehen er und sein Kollege sich sofort zurück. So verlangt es die Vorschrift. Über eine Hintertür verlassen kurz darauf Felix und Torben mit Eyleen das Haus. Sie haben den Schlüssel für das Auto der Familie P. gefunden – einen älteren weißen VW Polo, mit dem sie abhauen wollen. Torben, der zunehmend die Nerven verliert, soll fahren. Felix klettert neben das Mädchen auf den Rücksitz. Doch die Flucht endet nach nur einigen Dutzend Metern. Beim unkontrollierten Losfahren macht das Auto einen Satz nach vorn, durchbricht das Gartentor, rollt auf ein Stück Weideland auf der anderen Straßenseite und rammt einen dort abgestellten dunklen Ford Escort.

Mehr als eine Stunde harren die drei Jugendlichen im Fluchtauto aus. Das Gelände ist weiträumig abgesperrt, Polizei- und Rettungsfahrzeuge sind vorgefahren und richten ihre Scheinwerfer auf den Polo. Torben hat das Autoradio eingeschaltet, die Musik dringt bis zu den Umstehenden. Die Polizei versucht zu verhandeln. Doch sobald sich ein Beamter dem Wagen nähern will, hebt Felix sein Messer an Eyleens Hals. Einige Male sticht er in die Sitzpolster und die Deckenverkleidung.

»Im Auto war zunächst eine fast entspannte Atmosphäre«, berichtet die Schülerin später. »Man konnte sich mit den beiden unterhalten wie früher, sie wollten Karten spielen.« Erst nach und nach hätten sie über die Tat gesprochen, »wie es sich anfühlt, jemanden umzubringen«. Es sei ganz leicht gewesen, erklären die Jungen nach Eyleens Darstellung. Doch jetzt sitzen sie in der Falle. Felix schlägt vor, dass sie doch Selbstmord begehen könnten, mit dem Messer. Davon will Torben nichts hören. Er will nicht sterben. Immer wieder fragt Eyleen nach dem Warum der Tat, warum diese Familie sterben musste. Eine klare Antwort erhält sie nicht. »Ihr habt mich nie ernst genommen«, murmelt Felix irgendwann. Er sagt auch, dass er Eyleen liebe, und streichelt ihr übers Haar.

Nach einer Weile muss Eyleen dringend auf die Toilette. Das profane Bedürfnis wirkt wie ein Signal. Felix wirft sein Messer aus dem Autofenster, öffnet die Tür und steigt aus. Die Hände hält er nach oben. Es ist vorbei.

Vorbei ist es natürlich noch lange nicht. »Das Trauma kam hinterher«, sagt Ralf Kretschmer bitter, der ein Jahr nach der Tat ehrenamtlicher Bürgermeister Tessins wird. Er will von dem Thema nichts mehr hören. Am Sonntag, nur wenige Stunden nach dem Doppelmord, eilen die ersten Journalisten in den Ort. Über Wochen und Monate hinweg belagern Kamerateams und Reporter aus ganz Deutschland das Dorf, um Antworten zu finden. Sie klopfen und klingeln an den Türen der schockierten Nachbarn, wollen mit Mitschülern und Freunden ins Gespräch kommen, doch kaum jemand ist bereit, mit ihnen reden. Eine verständliche Reaktion. Viel mehr, als dass Felix und Torben zwei nette, freundliche Jungen seien, erfahren die Journalisten nicht. Der Direktor des Elbe-Gymnasiums in Boizenburg erzählt von einem Computerkurs, den beide im vergangenen Schuljahr geleitet hätten. Und dass Felix ein guter Schüler war und Torben Nachhilfe in Englisch nötig hatte.

Nur Eyleen äußert sich schon vier Tage nach der Tat öffentlich. Wie ein Lauffeuer verbreitet sich die Nachricht, dass sie kurz nach dem grausigen Verbrechen bei Günther Jauch in der RTL-Sendung »Stern-TV« auftreten wird. Ein Coup, um den ihn die angereisten Medienleute beneiden. Doch es hagelt auch Kritik. Der Kinderschutzbund hält das Interview für »maßlos verfrüht«, eine »merkwürdigen Inszenierung« sieht der Greifswalder Kriminologe Frieder Dünkel.

Der Vater des Mädchens rechtfertigt die öffentlichen Äußerungen. Seine Tochter wolle Gerüchten entgegentreten, die über sie im Umlauf sind, sagt er. Zu den falschen Mutmaßungen gehört, dass Eyleen mit einem der beiden Täter oder aber mit Florian, dem Sohn des getöteten Ehepaares, liiert gewesen sei. Unbestätigt bleibt die Vermutung, dass Alkohol und Drogen im Spiel waren. Schnell weist die Polizei auch den Gedanken zurück, das Mädchen selbst könnte in irgendeiner Form zu den Tätern gehören.

In dem Jauch-Interview wirkt Eyleen überraschend konzentriert und gefasst. »Ich kann nicht sagen, ob es mir gut oder schlecht geht. Ich habe ein neutrales Gefühl«, sagt sie. Ausführlich berichtet sie von dem Geschehen in der Mordnacht. Nichts habe im Verhalten der Jungen darauf hingedeutet, was passieren soll, erzählt sie. Zu den Motiven der Täter oder zu den Hintergründen befragt, kann sie nicht viel mitteilen.

Für die Ermittler bringt das Gespräch kaum etwas Erhellendes. Eyleen habe weitgehend das bestätigt, was der Polizei schon bekannt sei, berichtet ein Sprecher der Staatsanwaltschaft in Schwerin. Dazu gehört auch, dass sich die beiden 17-jährigen Täter vor dem Treffen an der Bushaltestelle in Felix' Zimmer ein Video angeschaut haben. In der Filmanimation *Final Fantasy VII*, die sich an eine gleichnamige Computerspiel-Serie anlehnt, kämpft das Gute gegen das Böse, auch mit Gewalt. Eyleen sagt, die Jungen hätten an dem Abend nur kurz über den Film gesprochen.

Felix' Vater, damals Vorsitzender des Betriebsrates der Hamburger Wochenzeitung *Die Zeit*, findet Monate später die Kraft, über das Unfassbare zu sprechen. In einer langen Reportage, die kurz vor Prozessbeginn erscheint und später den renommierten Henri-Nannen-Preis erhält, rekonstruiert das *Zeitmagazin Leben* mit Hilfe des Vaters, wie »das Böse nach Tessin kam«. Erst am Sonntagvormittag erfährt er eher durch Zufall von der Bluttat seines Sohnes und des Freundes. Die Familie war vor einigen Jahren von Lüneburg in das alte Backsteinhaus am Ende Tessins gezogen. Sie suchten die Ruhe und Abgeschiedenheit, die sie hier, weit genug weg vom städtischen Leben, für sich und ihre Kinder Felix und Jana zu finden hofften. Die Dorfstraße, die am Haus vorbeiführt, endet ein Stückchen weiter am Wald. Bis zu seinem Arbeitsplatz fährt der Vater nicht einmal eine Stunde mit dem Zug.

Einen Tag nach der Hausdurchsuchung entdecken die Eltern ein Tagebuch und andere private Notizen ihres Sohnes aus den letzten zwei Jahren. Die Polizisten haben die Dokumente, die ein wenig Aufschluss über die Gedankenwelt von Felix geben, in seinem Zimmer wohl übersehen. Ein »Dokument der Qual« nennt das *Zeitmagazin* das Tagebuch, in dem »kleine Geschichten von Wellensittichen neben finsteren Gedanken und Tötungsfantasien« stehen. Im Laufe der Monate seien die hasserfüllten Einträge häufiger geworden. Auf losen Blättern habe Felix über globale Vernichtungspläne schwadroniert. Mit Atombomben, verteilt über die Erdkugel, wollte er die »Untermenschen« ausrotten, all die Dummen und die, »die herumkrebsen und nicht weiterkommen«. In einem anderen Text, zwei Jahre vorher verfasst, stellt er sich vor, seine Schulklasse, in der er als Einzelgänger galt, auszulöschen. Er will dazu das Segelschiff kapern, mit dem die neunte Klasse bei einem Ausflug vor der niederländischen Küste unterwegs war. Am Elbe-Gymnasium kennt diese Gedankengänge niemand, auch wenn viel über das Motiv der Mitschüler spekuliert wird. Felix und Torben sollen immer wieder Kampfszenen aus Filmen nachgespielt haben, heißt es hilflos.

Auch die Erwachsenen zu Hause ahnen nichts von den Gewaltfantasien des nach außen unauffälligen, harmlosen Felix, die bei Pubertierenden durchaus nicht unüblich sind. Nur Jana, seine Schwester, nervt er mit seinen kruden Ideen. »Er hatte neue Staaten geplant, ganze Kontinente sollten in Schutt und Asche gelegt werden und durch Manipulation der DNA ein neuer Mensch entstehen«, zitiert das *Zeitmagazin* die Schwester. Die neuen Menschen sollten »gut aussehende, muskelbepackte Kämpfer (sein), die niemals krank werden«. Jana kann das nicht ernst nehmen und spricht auch mit niemandem darüber.

Die Eltern fragen sich in der Reportage des Magazins ein ums andere Mal verzweifelt, warum sie nicht gemerkt haben, was in ihrem Sohn vor sich ging. Sie suchen in der Vergangenheit nach Zeichen, nach Veränderungen bei Felix, die sie vielleicht nicht richtig gedeutet haben. Im Nachhinein fallen ihnen einige Dinge und Momente auf, die darauf hinweisen könnten, wie er sich schon lange von ihrem normalen, unspektakulären Leben abgewendet hat. Etwa jener Satz, den er wenige Wochen vor der Tat seiner Mutt er, einer Marionettenspielerin, ins Gesicht schleudert: »Du bist doch bloß eine, die nichts zu sagen hat. Du hast keine Macht.« Regelmäßig werden die Eltern ihren Sohn in der Untersuchungshaft besuchen. Ihnen gegenüber sitzt dann jener Felix, der er bis zum 13. Januar 2007 war.

Fünf Jahre später strahlt das ZDF den Film *Vater Mutter Mörder* aus, der erahnen lässt, welchen Gefühlen Eltern in einer solchen Situation ausgesetzt sind. Heino Ferch, der den Vater eines zum brutalen Mörder gewordenen Schülers darstellt, zeigt die Zerrissenheit zwischen der Liebe zum Sohn und dem Entsetzen über die unfassbare Tat. Die Geschichte erinnert sehr an das Geschehen in Tessin, auch in dem fast hoffnungsvollen Erklärungsversuch, dass die jugendlichen Täter vielleicht psychisch erkrankt seien.

Die Sachverständigen, die Felix D. und Torben B. untersucht haben, können damit nicht dienen. Sie beschreiben die Jungen als überdurchschnittlich intelligent.

Nur fünf Monate nach der Tat, am 21. Juni 2007, beginnt vor dem Landgericht Schwerin der Prozess gegen sie. Neben Mord wird ihnen auch Geiselnahme und Raub mit Todesfolge vorgeworfen. Als Nebenkläger ist der Sohn der Opfer, Florian E., zugelassen. Der 16-Jährige zog nach dem Mord zu seiner Oma ins 20 Kilometer entfernte Neuhaus, das schon zu Niedersachsen gehört. Auch die Schwester seiner Mutter, Margret H., und Eyleen W., die Geisel, treten als Nebenkläger auf. Wegen des jugendlichen Alters der Gymnasiasten findet die Verhandlung unter Ausschluss der Öffentlichkeit statt.

Bei den Vernehmungen erzählen Felix und Torben, sie wollten vor dem vermeintlichen kleinbürgerlichen Leben fliehen. So berichtet es ein Gerichtssprecher. Sie hätten sich nach Japan durchschlagen wollen, um dort in den Wäldern ein neues, aufregendes Leben als Ninja-Kämpfer zu führen – »wobei sie keine realistischen Vorstellungen von dem neuen Leben und Schwierigkeiten hatten, die auf ihrer Reise nach Japan zu überwinden gewesen wären«, wie die Staatsanwaltschaft in einer Mitteilung erklärt, offenbar selbst irritiert von der scheinbar unglaublichen Naivität. Felix ging es bei dem Doppelmord laut Anklagebehörde darum, ein Fanal zu setzen und den Mitmenschen als grausamer Mörder in Erinnerung zu bleiben. Wochenlang vorher hätten sie die Tat geplant, Felix habe die Opfer, von denen er wenig Gegenwehr erwartete, bewusst ausgewählt. Und: Felix wollte Macht ausüben.

Den Computerspielen und Gewaltvideos misst die Staatsanwaltschaft – anders als die Verteidigung – keine entscheidende Rolle bei. Die Jungen hätten sehr wohl zwischen Fantasie und Realität unterscheiden können. Felix' Anwalt argumentiert, die Tat sei nicht geplant gewesen, sondern aus dem Ruder gelaufen.

Der Richter verkündet am 12. Juli 2007 das Urteil. Jeweils neuneinhalb Jahre müssen Felix D. und Torben B. wegen Mordes ins Gefängnis. Damit bleibt das Gericht knapp unter den zehn Jahren Jugendhaft, der Höchststrafe, die die Staatsanwaltschaft gefordert hat. Während Torben seine Strafe in der Jugendanstalt Neustrelitz verbüßt, kommt Felix in eine Hamburger Einrichtung. Im Herbst 2013 wird für beide jungen Männer die Reststrafe zur Bewährung ausgesetzt.

Im Ort erinnert heute nichts an die Schreckensnacht. »Wir haben das Thema abgeschlossen, auch wenn es im Hinterkopf natürlich immer da ist«, sagt Gertrud Geistlinger, die 16 Jahre lang, bis 2008, Bürgermeisterin in Tessin war. Felix' Eltern sind nicht weggezogen. »Das Dorf hat ihnen auch nie Vorwürfe gemacht. Sie gehören zu uns.« Das Haus, in dem Peter E. und seine Frau Antje starben, stand noch einige Zeit leer. Verwandte hielten es in Schuss. Dann wurde es verkauft und eine junge Familie von außerhalb zog ein. Sie weiß von dem, was passiert ist. »Ich finde es gut, dass jetzt wieder Menschen dort wohnen können«, sagt Gertrud Geistlinger. Nur aus dem Dorf, nein, da hätte niemand einziehen können.

Florian kam noch einige Male nach Tessin. Wenige Wochen nach der Tat klingelte er am Haus der Familie D. Er wollte den Eltern zwei Hanteln zurückbringen, die er sich von ihrem Sohn Felix geborgt hatte.

Abspann

Deutsche Gerichte verurteilen jährlich etwa 750.000 Straftäter; Menschen, die gelogen, betrogen, gestohlen, geschlagen, missbraucht oder getötet haben. Die Liste der Delikte ist lang – die Zahl der schweren Verbrechen zum Glück deutlich niedriger.

In diesem Buch gehen die beiden Autoren dreizehn spektakulären Kriminalfällen nach, mit denen sie in ihrer journalistischen Arbeit immer wieder zu tun hatten. Neben dem eigenen Erleben im Gerichtssaal flossen auch frühere oder spätere Urteile, Polizeiprotokolle, ausgewähltes Archivmaterial, Zeitungsberichte, Filme, Theaterstücke und Bücher in ihre Recherchen ein, so *Der Fall Scholl. Das tödliche Ende einer Ehe* (Anja Reich, Ullstein extra 2014), *Doktorspiele. Geständnisse eines Hochstaplers* (Gert Postel, Goldmann 2003), *Wenn Frauen morden* (Stephan Harbort, Pieper 2010), *Der Kick. Ein Lehrstück über Gewalt* (Andres Veiel, Deutsche Verlagsanstalt 2007), *Der Ripper von Magdeburg* (Bernd Kaufholz, Mitteldeutscher Verlag 2001), *Satanskinder. Der Mordfall von Sondershausen und die rechte Szene* (Liane von Billerbeck/Frank Nordhausen, Ch. Links Verlag 2001), *Entlassen nach: Tod* (Judith Arlt, mvg Verlag 2008).

Alle Fälle sind rechtskräftig abgeschlossen. Das schließt aber neue Entwicklungen nicht aus.